GOLDMANN
GROSSCHRIFT

Jo Hanns Rösler wurde am 7. April 1899 in Königstein an der Elbe geboren, besuchte das humanistische Staatsgymnasium in Dresden, um Theologie zu studieren, kam verwundet aus dem ersten Weltkrieg zurück und begann sofort, seine ersten Beiträge im »Simplicissimus«, der »Jugend«, den »Lustigen Blättern« und im »Berliner Tageblatt« zu veröffentlichen. Er heiratete in jungen Jahren eine Wiener Schauspielerin namens Kitty und lebte mit ihr in Paris, Berlin, Wien und auf der Insel Mallorca, bis er im Jahre 1935 seßhaft wurde und seinen Berghof über Feilnbach erwarb. Rösler gehörte mit seinen heiteren und besinnlichen Geschichten zu den beliebtesten Unterhaltungsautoren. Er starb am 25. September 1966 in München.

Außer dem vorliegenden Band sind von Jo Hanns Rösler als Goldmann-Taschenbücher in Großschrift erschienen:

Wohin sind all die Jahre ... (7213)
Wohin sind all die Tage ... (7238)
Wohin sind all die Stunden ... (7242 · Sept. 86)
Kitty und Johannes (7227)
Die Reise nach Mallorca (7225)
Lachen Sie mit Jo Hanns Rösler (7243)

JO HANNS RÖSLER

An meine Mutter

Erzählungen

GOLDMANN VERLAG

Der Goldmann Verlag
ist ein Unternehmen der Verlagsgruppe Bertelsmann

Made in Germany · 4/89 · 3. Auflage
Genehmigte Taschenbuchausgabe in Großschrift
Die Originalausgabe erschien im Stieglitz-Verlag, E. Händle,
Mühlacker
Umschlagentwurf: Design Team München
Umschlagfoto: Gruner + Jahr, Hamburg/Rosenfeld
Satz: IBV Lichtsatz KG, Berlin
Druck: Presse-Druck Augsburg
Verlagsnummer: 7203
Lektorat: Gerda Weiss/Au · Herstellung: Sebastian Strohmaier/Voi
ISBN 3-442-07203-4

Inhalt

Vorwort

Gegenüber dem Wendelstein, auf einer blumenbestandenen Bergkuppe hoch über dem Inntal, steht ein über fünfhundert Jahre altes Bauernhaus, das inzwischen längst neuzeitlichen Komfort enthält. Kaum ein Wanderer wird wissen, daß in dem malerischen Hause ein Schriftsteller gearbeitet hat, dessen größte Ehrung seine Volkstümlichkeit war: Jo Hanns Rösler.

Für seinen engen Kontakt mit den Lesern spricht die Tatsache, daß kein Tag verging, an dem nicht der Landbriefträger Post auf den Berg hinauftrug, Briefe von unbekannten Menschen. Wer Jo Hanns Rösler nach dem Grund für seine Popularität fragte, konnte von ihm hören: »Ich sah den Menschen auf den Mund, und sehr oft auch ins Herz. Ich hatte Glück. Meine Bücher hatten Erfolg, obwohl es heitere Bücher waren. Das ist in unserem Land ein Handicap. Wer bei der Lektüre lacht, ist auf den Autor böse. Er merkt nämlich plötzlich, daß er über sich selbst gelacht hat: über seine eigenen Schwächen, die ihn bei einem andern urkomisch anmuteten. Wenn er dies entdeckt, schimpft er auf den Autor, der in sein Privatleben eingebrochen sei und ihn konterfeit habe. Ich habe aber nie eine Person gemeint, ich habe immer nur den Typ gesehen. Allerdings muß ich die Blumen und Disteln pflücken, wo ich sie am Weg wachsen sehe. Die meisten Disteln wachsen in meinem eigenen Garten. Ich kehrte darum vor der eigenen Tür. Es ist meiner Arbeit gut bekommen.«

Im Nachlaß von Jo Hanns Rösler befand sich eine Mappe mit der Aufschrift »Meiner Mutter«. Sie enthielt die meisten Geschichten, die Kitty, seine Frau, zusammenstellte. Es ist die Ehrung eines Sohnes für seine Mutter, für seinen Vater, eine Botschaft von Herz zu Herz. Mögen jetzt andere Menschen sie vernehmen.

Halbzeit des Lebens

Die erste Halbzeit deines Lebens ist abgepfiffen. Hast du den Pfiff gehört, Freund? Er hält deinen Schritt nach vorwärts auf, läßt dich zur Seite treten, gibt dir ein paar Minuten Zeit zum Verschnaufen und zum Nachdenken, wie alles in der ersten Halbzeit deines Lebens kam, jeder Sieg und jede Niederlage. Und nun eine Minute, dich auf die zweite Halbzeit deines Lebens vorzubereiten.

Du bist ein Mensch wie alle Menschen. Nichts zeichnet dich aus, du hast deinen Beruf, dein Heim, deine Familie. Du hast Nachbarn, Freunde und Feinde. Du bist deinen Weg geradeaus gegangen, mit Gleichmut, in der großen Marschkolonne, doch plötzlich stockt dein Schritt. Wie weit noch? Wie lange noch? Du bist ja schon so lange gegangen, du kommst ja schon von so weit her, das halbe Leben ist vorbei. War alles so, wie du es dir als Kind erträumt, als Jüngling vorgenommen hast?

Deine Ehe, Freund, ist eine gute Ehe. Du gibst deiner Frau den Zehnten, gehst mit ihr spazieren, ihr geht nebeneinander her, die Worte fließen langsam vom Mund, es ist wenig in euch, was gesagt werden muß. Euer Tag hat vierundzwanzig Stunden, und jede Stunde hat ihre ehrlichen sechzig Minuten. Aber damals, als du dein Mädchen zum ersten Mal sahst, als du mit ihr zum ersten Mal allein warst, da war keine Stunde sechzig Minuten, da verflog die Zeit, die Lippen konnten nicht nachkommen, alle die Worte auszusprechen, die das Herz überfluten ließen. Es ist immer noch dieselbe Frau, die an deiner Seite geht, es ist immer noch dasselbe Herz, für das du einst sterben wolltest, ehe du es verlörst. Denk an die Berge, die du im Überschwang deiner Gefühle versetztest, denk an das Leid, das dir die Sehnsucht brachte, jetzt ist sie dein, immer dein, und jeder Tag mit ihr hat vierundzwanzig Stunden. Jetzt erfülle die Stunden, die damals zu schnell verrannen. Denn immer kürzer wird die Zeit, wo ihr zusammen seid, ihr habt euch ja noch so viel zu sagen – ihr zwei Menschen, die ihr unter Millionen Menschen nur euch habt!

Deine Kinder, Freund, wachsen gesund auf gutem Boden heran. Du sorgst für sie, sie sind sauber gekleidet, ihr Teller ist nahrhaft gefüllt. Du tadelst sie, wenn sie ungezogen sind, du lobst sie, wenn sie brav waren. Und so lernen sie gehen, sprechen, dann rechnen und schreiben, jetzt schon sich vertragen und in eine Gemeinschaft einfügen. Dein Stolz auf sie ist groß, aber wie klein ist – wenn du es recht betrachtest – der Beutel der Freuden, den du dir mit ihnen gesammelt hast! Wäre es nicht schöner gewesen, damals in der Stube sitzen zu bleiben, als sie ihre ersten Gehversuche machten, mit ausgestreckten Ärmchen und hell jubelnd? Möchtest du nicht heute gern die nie enden wollenden Fragen »Warum, Papa?« und »Weshalb, Papa?« der Kleinen beantworten, wenn dein fünfzehnjähriger Junge schon ein wenig verschlossen sich schweigend an den Mittagstisch setzt? Jetzt fragst du ihn, aber er hat schon gelernt zu schweigen. Seine Gedanken kreisen schon um Dinge, die dir fremd sind, du studierst in seinem Gesicht viel länger, als du einst gebraucht hättest, das ganze kleine Herz zu erforschen. Hier war die Zeit als dein großer Gegenspieler schneller, sei du in der zweiten Halbzeit deines Lebens gewandter. Denn Kinder wachsen heran, und was sie einst an Liebe und Vertrauen mit hilflosen Händen überreich verschenkten, mußt du dir später schwer erkämpfen. Aber noch ist es Zeit, noch liegt ein letztes Kind in der Wiege, noch kannst du dein Herz mit Freude an ihm bis zum Überfluß füllen, daß es für die kalten Tage des einsamen Alters reicht.

Deine Nachbarschaft, Freund, achtet dich, du hast mit keinem einen Streit, man setzt sich gern mit dir an einen Tisch und weiß, wenn du aufgestanden bist, kein böses Wort über dich zu sagen. Manch einer hat sogar ein gutes Wort für dich im Herzen, denn du hast ihm einmal geholfen, als er in Not war. Nicht etwa mit Geld, von dem du glaubst, es reiche kaum fürs eigene nackte Leben, trotzdem Geld die Kraft besitzt, sich zu dehnen und zu strekken, wenn du von ihm einen Teil für die Not des Nächsten nimmst. Aber Hilfe ist nicht allein von deiner Tasche abhängig. Nimm den Verzweifelten mit heim in den Frieden deines Hauses, geh mit ihm ein paar Schritte, wo er sich allein zu gehen fürchtet, es gibt kein Unrecht, das von einem begangen wurde, das von einem anderen nicht wieder gutgemacht werden kann. Darum nütze die wenigen Stunden, Minuten, die vor der letzten Halbzeit deines Lebens liegen, gut zu machen, was schlecht war.

Und wenn du jetzt wieder auf das Spielfeld des Lebens hinaustrittst und deinen dir zugewiesenen Platz unter den Mitspielern eingenommen hast, dann steh deinen Mann und vergiß nie, wie kurz die Zeit ist, die dir zum vollendeten Leben noch zur Verfügung steht.

Einsamkeit

Ohne Kinder und ohne ihren Mann, der vor zwanzig Jahren nach kurzer Ehe gestorben war, nicht ohne ihr ein beträchtliches Vermögen, eine hohe Lebensversicherung und eine mitten in einem parkähnlichen Garten prächtig gelegene Villa zu hinterlassen, lebte »Tante Pretorius«, wie wir sie nannten, ein reiches, lebendiges Leben. Sie war vorgestern fünfundsechzig Jahre alt geworden, fuhr noch heute ihren eigenen Wagen, voriges Jahr war sie sogar damit nach Madrid gefahren, wohin eine Nichte sie eingeladen hatte. Sie war in ihrer lebendigen Hilfsbereitschaft überall gern gesehen, sie leitete den Kulturkreis unserer kleinen Stadt, ein Vorbild an Liebenswürdigkeit auch Menschen gegenüber, mit denen sie nichts verband. Für ein Glas Wein besaß sie so viel Verständnis, daß es uns Freude machte, sie zu einem besonders guten Tropfen einzuladen. Aber auch sie selbst öffnete ihr Haus der Gastfreundschaft, unermüdlich war sie um ihre Gäste besorgt, merkte sich, wo jeder gern saß und was jeder gern aß. Eine Stunde bevor ihre Gäste kamen, fuhr sie in die nahegelegene Großstadt und brachte ein paar Leckerbissen mit, denen sie selbst kräftig zusprach, um ihre Gäste zu ermuntern, ungeniert zuzugreifen. Zweimal in der Woche hatte sie ihren Bridgeabend, sie war stets die erste der Runde und hielt schon die Karten in der Hand, wenn ihre Partner eintrafen. Sie war, wenn ich mich so ausdrücken darf, ein richtiger Kerl, hatte nichts von der Mühsamkeit alter Damen, und ich rechnete es mir als Vorzug an, ihrer Freundschaft gewürdigt zu werden. Eines Tages, völlig unerwartet, sank sie vom Stuhl und mußte ein halbes Jahr das Bett hüten. Es wurde einsam um sie. Ihre Verwandtschaft wohnte weitab, Kinder hatte sie keine, und die Besucher blieben mit den Wochen aus. Zecher sind schlechte Leidgenossen, und den Bridgepartner interessiert eine Hand, die nicht mehr die Karten zu halten vermag, nicht über die Dauer der unbedingt notwendigen Höflichkeit hinaus. Ihr Wagen blieb in der Garage stehen, die Rosen in ihrem Garten trieben wilde Schosse, stets stand das Fenster ihres Schlafzimmers offen, aber nie hörte sie Schritte über den knirschenden Kies auf das Haus zukommen.

»Wer ohne Kinder ist, muß einsam sterben«, sagte sie zu mir eines Tages. »Ich habe ein sehr reiches Leben geführt, lieber Freund«, fuhr sie fort. »Gerade weil mir der Himmel Kinder versagt hatte, war ich frei und ungebunden, ich konnte reisen, mir einen Umgang suchen, wie er mir behagte. Mein Leben war nicht in Tageszeiten eingeteilt, auf mich wartete ja niemand daheim. Hatte ich Lust, unterwegs meine Mahlzeit einzunehmen, tat ich es – wollte mein Wagen weiter geradeaus fahren, wer zwang mich zur Umkehr? Ich habe früher Kinder nie vermißt und bedauerte euch oft mit euren Sorgen und Geldausgaben, euren freiwilligen Einschränkungen, die ihr euch auferlegtet, damit für die Kinder mehr übrigbleibt. Heute, seitdem ich krank und einsam hier liege und die Stunden des langen Tages zähle, denke ich anders. Wie schön wäre es jetzt, an seine Kinder zurückdenken zu können, wie sie noch klein waren, wie sie heranwuchsen, sich an ihr Lachen und ihre hellen Stimmen erinnern zu können, an die Sorgen, die sie uns schufen, die Krankheiten, als wir kummervoll an ihrem Bett saßen, und an ihre Tränen, wenn sie sich beim Fall verletzt hatten oder ängstlich vor einer aufgestörten Biene zu uns ins Haus flüchteten. Vielleicht war mein Leben ohne Kinder falsch. Wie starr ist die Erinnerung an den Mailänder Dom oder an die herrliche Kathedrale in Palma, gemessen daran, wie es wäre, wenn ich an ein Kinderbett zurückdenken könnte. Ich habe so vielen Liedern auf der Welt gelauscht, ich habe kein einziges jemandem zum Trost oder zum Einschlafen gesungen. Dabei hätte es anders sein können. Wenn ich heute hier liege, Gott sei Dank nicht der Pflege bedürftig, wohl aber eines Zuspruchs und einer Anrede – mir ist die Zugehfrau willkommen, während sie mein Zimmer aufräumt –, denke ich an ein Erlebnis, das mein ganzes Dasein hätte umstellen können und das mir als junger Frau widerfuhr. Ich hatte damals gerade meinen Mann verloren, die letzten Trauergäste hatten das Haus verlassen, nur die Schwester meines Mannes war zurückgeblieben. Sie hatte mich in den Garten gebracht, hatte eine Decke über meine Knie gelegt und war gegangen.

›He! Pst!‹ wurde gerufen.

Ich blickte mich um, konnte aber nicht entdekken, woher die Stimme kam.

›Können Sie mich verstecken?‹ fragte es weiter.

Über den Zaun sah ich den Kopf eines Jungen. Er schien nicht älter als acht Jahre zu sein. Sein blondes Haar war kurz geschnitten. ›Wohnen Sie hier?‹ fragte er.

›Ja‹, sagte ich.

Er sah mich lange mit sonderbarem Ernst an, als wollte er mich erst genau prüfen, bevor er weitersprach. ›Können Sie mich verstecken?‹ fragte er hastig. ›Ich bin ihnen davongelaufen ... Jetzt werden sie mich suchen ...‹ Er war ein wenig am Zaun emporgeklettert und saß so, als wollte er jeden Augenblick davonlaufen.

›Du bist deinen Eltern davongelaufen?‹

›Ich habe keine Eltern.‹ Ehe ich antworten konnte, fuhr er fort: ›Ich lebe im Waisenhaus. Bitte, darf ich mich bei Ihnen verstecken? Hier finden sie mich bestimmt nicht ...‹

Ich war aufgestanden und zu ihm hinübergegangen. Er ließ sich am Zaun niedergleiten und lief drei Schritt zurück. So stand er auf dem kleinen Sandweg hinter meinem Garten, halb versteckt zwischen den Brombeerhecken, die den schmalen Bach überwucherten. Er sah sehr drollig aus. In der Hand drehte er seine Mütze, und sein dunkler Anzug ließ ihn noch magerer und kleiner erscheinen, als er vielleicht in Wirklichkeit war.

›Wie alt bist du?‹ fragte ich.

›Neun. Sie können mich auch adoptieren‹, sagte er, und als ich ihn erstaunt ansah, ›bei uns ist schon einmal ein Junge davongelaufen, und eine Dame hat ihn als ihr eigenes Kind angenommen. Haben Sie Kinder?‹

Ich schüttelte den Kopf.

›Prima‹, sagte der Junge, ›dann können Sie mich doch nehmen. Ich bin sehr brav und mache mir alles selbst. Sie haben gar keine Arbeit mit mir. In sechs Jahren verdiene ich selbst, und dann ernähre ich Sie.‹

Hätte mir Gott doch ein Einsehen gegeben, etwas Vernünftigeres zu tun, als ich tat! ›Ißt du gern Schokolade?‹ fragte ich.

›Zu Weihnachten, ja.‹

›Warum nur zu Weihnachten?‹

›Ja, gibt es denn auch sonst Schokolade?‹ fragte er verwundert. ›Wir bekommen nur zu Weihnachten eine halbe Tafel.‹

›Warte hier, ich hole dir welche‹, sagte ich. Ich lief ins Haus zurück und brachte ihm zwei Tafeln.

Als ich sie ihm über den Zaun reichte, betrachtete er mißtrauisch meine freie Hand, was ich damit tat und ob ich ihn fangen wollte. Als er die Schokolade mit weitausgestrecktem Arm entgegennahm, sagte er: ›Ich schenke dir auch etwas. Da! Magst du?‹ Er kramte aus seiner Rocktasche einen großen roten

Apfel hervor. ›Den hat mir ein Mann geschenkt, der Äpfel pflückte‹, sagte er. ›Er ist gar nicht wurmig. Ich habe bisher immer nur Äpfel bekommen, wo man um den Wurm drumherum essen muß... Er schmeckt ganz prima, ich habe hinten ein kleines Stück abgebissen, aber von der Seite sieht man es nicht.‹

›Nein. Behalte ihn nur‹, sagte ich. ›Und jetzt bist du ein braver Junge und gehst schnell ins Waisenhaus zurück.‹

›Sie wollen mich nicht adoptieren?‹

›Nein. Ich –‹

›Schade! Sie wären eine prima Mutter gewesen. Ich habe einmal in einem Lesebuch eine Mutter gesehen, die sah genauso aus wie Sie... Ich habe mir das Bild immer wieder angesehen... Das ist immer so, etwas sehr Schönes ist nur zum Ansehen da. Aber es gibt doch Kinder, die richtige Mütter haben. Ich hätte Sie gern genommen, auch wenn Sie häßlich und alt gewesen wären und nicht so einen großen Garten hätten... Na ja‹, sagte er traurig, ›dann gehe ich lieber wieder, ehe sie merken, daß ich ihnen davongelaufen bin. Ich hatte gedacht, was einem Jungen einmal passiert ist, vielleicht habe ich dasselbe Glück, heute, an meinem Geburtstag. Tschüß! Und danke schön für die Schokolade!‹

Ja, und dann ist mein Leben so verlaufen, wie Sie es kennen«, schloß Frau Pretorius, »ich habe den Jungen nie wiedergesehen. Vielleicht, wenn ich damals ins Waisenhaus mitgegangen wäre und ihn adoptiert hätte, säße er heute auf diesem Stuhl, ich wäre nicht die Tante Pretorius für alle geworden, sondern die Mutter Pretorius, für einen, meinen Jungen. Ich hätte auch zwei oder drei Kinder nehmen können, mein Haus wäre von Lachen und Leben erfüllt gewesen, vielleicht wäre es manchmal knapp zugegangen, auch mit den Sorgen wäre ich fertig geworden... Man wird mit Sorgen leichter fertig als mit der Einsamkeit, der keiner entgeht, der ohne Kinder alt geworden ist.«

»Darf ich Ihnen meine herüberschicken, gelegentlich?« sagte ich. »Ich habe vier Stück daheim – ich kann sie leicht einen Tag entbehren, sie machen viel Lärm –«

»Tun Sie es, lieber Freund«, sagte sie, »Sie machen mich damit sehr glücklich... Vielleicht kann ich als adoptierte Großmutter ein wenig von dem an Liebe nachholen, was ich durch eigene Gedankenlosigkeit bisher versäumt habe...«

Ein reiches Kind

Im vierten Stock eines alten Mietshauses, Bahnhofstraße 30, so um 1900 herum erbaut, unten mit drei Läden, einem Glaser, einer kleinen Gemischtwarenhandlung und einem Zigarrengeschäft, saß eine junge Frau am Fenster und strickte an einem Babyjäckchen. Das ist nun einmal die Beschäftigung junger Mütter, zumal dann, wenn sie ihr erstes Kind erwarten. Mit der mildesten Wolle, die sie nur aufzutreiben vermag, strickt sie, daß es ihrem Erstgeborenen an nichts fehle, und das schwierigste Muster ist gerade gut genug für ihren Prinzen oder ihre Prinzessin.

Wenn eine junge Mutter für ihr Kind strickt, vergißt sie alles andere um sich, so beglückend verwirren sie die kleinen Kleidungsstücke. In diesen Minuten spricht sie wohl schon mit ihrem Kind, als ob es ihr zuzuhören vermöchte. Wir Männer sind da aus anderem Holz, wir trinken höchstens ein Glas Bier weniger oder gehen eine gewaltige Strecke zu Fuß, um das Geld für die Straßenbahn zu sparen, damit daheim etwas auf der hohen Kante liegt, wir brummen höchstens vor uns hin: »Verflixter Bengel! Schau her, schon beginne ich für dich zu sparen! Und die Überstunden habe ich auch deinetwegen gemacht«, aber sonst reden wir nicht mit unserem Ungeborenen. Wir sitzen ja auch nicht daheim und spüren das junge Leben in uns.

»Ich sollte dich um Entschuldigung bitten, geliebtes Kind unter meinem Herzen, daß du nicht in einer schönen Wohnung zur Welt kommst, in einem Zimmer mit hellen Tapeten und großen Fenstern mit Blumen davor und Blumen dahinter. Vielleicht raucht auch gerade bei uns der Ofen wieder, oder der Wasserhahn tropft immer noch, weil keiner die vier Stockwerke hinaufsteigt, den Schaden zu beheben. Vielleicht wird das erste sein, was dir auf dieser Welt zum Bewußtsein kommt, daß du mich seufzend in meiner Tasche kramen siehst, die letzten Groschen zusammenzusuchen, weil der Lichtmann da ist oder der Gaskassierer. Wir haben auch kein Telefon, den

Arzt schnell zu rufen, und keine Ölheizung, du wirst mir später helfen müssen, die Kohlen heraufzutragen und kleines Holz, du wirst es lernen aufzupassen, daß nirgendwo unnütz eine elektrische Birne brennt, auch haben wir keine Waschmaschine, und ich wasche deine Wäsche immer noch nach der altmodischen Art im Topf in der Küche und hänge sie draußen auf unserem kleinen Hinterhofbalkon zum Trocknen auf. Sehr nobel ist die Welt also nicht, in die ich dich setze, und ich überlege, was ich tun kann, daß es dir bei uns gefällt. Aber mir ist nicht bange. Denn ich habe mir etwas vorgenommen, das deine Kindheit schöner machen soll als die Kindheit der anderen in der Stadt, ich werde dir etwas schenken, was heute selten eine Mutter ihrem Kind geben kann: *Zeit.*

Viele Mütter stehen heute im Beruf, um mitzuverdienen. Selbst wenn sie es nicht nötig hätten, tun sie es, weil ihnen das einfache Hausfrauendasein unter ihrer Bedeutung erscheint. Sie geben ihre Kinder in einen Kindergarten und sehen sie nur wenige Minuten am Tag. Bei dir soll es anders sein, ich verspreche es dir. Ich werde nicht wieder in den Beruf gehen, lieber schränken wir uns noch mehr ein und verzichten für viele Jahre auf all den Komfort, den jeder glaubt haben zu müssen. Wir werden nie einen Fernsehapparat besitzen, dafür erzähle ich dir die schönsten Märchen, die es gibt – du wirst, wenn du zur Schule gehst, nie einen Schlüssel um den Hals tragen, wie so viele Kinder, daß du dir selber die leere Wohnung aufschließen und dein Brot schneiden mußt. Du wirst mich, wenn du kommst, immer daheim finden, ich werde stets Zeit haben, dir zuzuhören, was du alles in deiner Welt erlebt hast, ich werde mir die Namen deiner kleinen Freundinnen und Lehrer merken, ich werde neben dir sitzen, wenn du deine Schulaufgaben machst, dir beim ersten Abc die Hand führen, ich werde es sein, die dich jeden Morgen anzieht und jeden Abend zu Bett bringt, dein erstes Vaterunser wirst du von meinen Lippen lernen und nicht erst in der Schule. Wo eine Mutter mitverdient, damit höhere Lebensansprüche befriedigt werden können, bleibt wenig Zeit für das Kind.

Wo Wohlstand einkehrt, lernt das Kind bald, allein zu Bett zu gehen und allein in der Wohnung zu bleiben; wenn es aus einem bösen Traum erwacht, ist niemand da – seine Mutter sitzt im Theater oder im Konzert. Ich werde nie in ein Theater gehen, solange du klein bist, ich werde auch nie nervös sein, wenn du nach Kinderart hundert Fragen an mich stellst, ich bin ja nicht abgehetzt und überbeansprucht und lebe auch nicht nach der Uhr, weil ich ins Büro muß oder beim Friseur angemeldet und zur Schneiderin bestellt bin oder Schaufensterstraßen auf und ab laufe, um die neuen italienischen Schuhmodelle zu bewundern, die neuen Schirme und die neuen Handtaschen – ich will nichts anderes als deine Mutter sein, ich werde alle Arbeit tun, während du in der Schule bist, um dann Zeit für dich zu haben, dir zuzuhören, mit dir spazierenzugehen und mit dir zu spielen.

Noch etwas verspreche ich dir, geliebtes Kind unter meinem Herzen: Du sollst Freundinnen haben, wenn du ein Mädchen bist, und Freunde, wenn du ein Junge wirst. Bring sie alle ins Haus, die du magst, bei uns ist für sie mehr Platz als in den Villen deiner reichen Schulfreunde, ich werde sie herzlich willkommen heißen, für sie kochen, ihnen einen Knopf oder ein Schürzenband annähen. Ihr dürft euch ein Kaninchen halten auf dem Balkon und mit schmutzigen Schuhen in der Wohnung herumlaufen, wir haben ja keine Teppiche, ihr dürft kippeln und auf den Stühlen herumturnen, unsere Möbel sind nicht kostbar, und nichts steht herum, was ihr nicht anrühren und schlimmstenfalls herunterwerfen dürft. Nehmt Handtücher und Kissen zum Puppenspielen, wieviel ihr wollt. Meine Töpfe und Deckel und meine Suppenkelle stehen euch zur Verfügung, wenn ihr Indianermusik machen wollt, lärmt nach Herzenslust, Vater ist ja nicht daheim, ich bin nicht nervös, und eine Köchin ist nicht in der Wohnung, die deswegen kündigen könnte. Und wenn die Eltern deiner Freundin oder deines kleinen Freundes eine Autoreise machen, wo für das Kind kein Platz ist, bei uns ist Platz, und du kannst dir stets über die Ferien eine Freundin zu uns einladen. Mit diesem Versprechen, das ich dir heute schon gebe, ist mir gar nicht mehr bange, ob es dir bei mir gefallen wird. Du wirst, obwohl du arm bist, ein reiches Kind sein, denn ich habe ja Zeit für dich, Liebe und Zeit.«

Als am Abend der junge Ehemann von der Arbeit

heimkam, da sagte die junge Frau glücklich: »Unser Kind wird reich sein, Hans.«

»Mit meinen sechzehnhundert Mark im Monat, die Abzüge nicht gerechnet?«

»Reichtum hängt nicht vom Geld ab«, sagte die junge Frau. Und wenn ich das Leben eines Gärtners oder Dichters bedenke, so hat sie recht.

Die sieben leeren Flacons

Ich fand mich mit ein paar Blumen bei einer Mutter ein, ihr Glück zu wünschen für ihr weiteres Leben. Sie hatte mir einen Brief geschrieben, und da mir die Art ihres Schreibens und ihre Herzlichkeit guttat, da meine eigene Mutter längst gestorben ist, nützte ich den Tag, ihr einen Besuch zu machen.

Auf einem kleinen Regal neben dem Platz am Fenster, wo sie zu sitzen pflegte, sah ich sieben leere Flacons. Sie waren winzig, bis auf eines, nicht höher als das Glied eines Fingers, aus geschliffenem, farblosem Glas, und waren oben mit einem kleinen silberverzierten Stöpsel verschlossen.

»Sie sind nicht leer. Wenn Sie genau hinblicken – es sind die Tränen meines Kindes darin«, sagte sie und fuhr fort: »Ich hatte als junge Frau auf meiner Hochzeitsreise durch Böhmen einem Glasschleifer bei der Arbeit zugesehen. Als wir gingen, kaufte mir mein Mann dieses halbe Dutzend der winzigen Flacons. Er bekam sie billig und ein einzelnes siebentes noch obendrein, da der Glasschleifer dieses Modell in seiner Biedermeierform, die aus der Mode gekommen war, nicht mehr herstellte. Sie standen jahrelang bei uns in der Wohnung herum, ungenutzt, denn welcher praktischen Verwendung hätte ich sie zuführen können? Als uns Christine geboren wurde, unser einziges Kind, an dem wir mit großer Liebe hingen, als ahnten wir, daß es unser einziges bleiben sollte – denn mein Mann starb, als Christine noch nicht zwei Jahre alt war –, stieß sie sich an ihrem vierten Geburtstag mit dem Schienbein an einem Stuhl und weinte bitterlich. Bisher hatte immer der Satz ›Morgen ist auch noch ein Tag zum Weinen, Kind, wein morgen weiter!‹ genügt, ihre Tränen versiegen zu lassen. Diesmal wollte es mir nicht gelingen. So nahm ich, um sie von ihrem Schmerz abzulenken, so ein kleines Fläschlein und sagte zu ihr: ›Wein deine Tränen da hinein!‹ Sie tat es, und ihre Tränlein versiegten bald. Sie gab selbst den kleinen Stöpsel obenauf und sagte zu mir: ›Mama! Bitte aufheben!‹ Ich tat es, und so steht dieses Flacon noch heute dort mit den ersten bitteren Tränen meines Kindes.«

»Und das zweite Flacon?« fragte ich.

»Das sind Christines Tränen, als sie eines Tages vom Kinderspielplatz heimgekommen war, sechs Jahre alt, und ihr ein großer Junge ihren schönen neuen Ball weggenommen hatte. Das kommt auf allen Kinderspielplätzen der Welt vor, aber für Christine war es das erste Mal, daß sie zusehen mußte, wie fremde Jungen mit ihrem gehüteten Ball, den sie heiß liebte, Fußball spielten, ihn in schmutzige

Pfützen schossen, den schönen neuen bunten Ball, und sie noch obendrein auslachten, als sie zu weinen begann. Wir haben dann die Tränen daheim in diesem zweiten Flacon gesammelt, und wenn ihr später im Leben wieder eine Ungerechtigkeit geschehen war, daß ihr die Tränen über die Wangen liefen, dann sagte ich zu ihr: ›Diese Tränen hast du schon einmal geweint, Christine!‹«

Sie stellte das zweite Flacon auf das Regal zurück und nahm das dritte. »Die Tränen des ersten Trennungsschmerzes«, sagte sie. »Christine ging das dritte Jahr zur Schule. Sie hatte drei Jahre eine Klassenlehrerin, Fräulein Boch hieß sie, an ihr hing sie mit einer anbetenden Liebe. Ihr zuliebe schrieb sie wie mit gestochener Schrift ihren Hausaufsatz, bemühte sich, die Schulhefte sauber zu halten, ihr zuliebe zerbrach sie sich den Kopf über den schweren Rechenaufgaben, lernte auswendig, was zu lernen war, ich mußte sie oft überhören, damit sie sich in der Schule nicht vor ihrer geliebten Lehrerin blamierte, ja sogar Hals und Ohren wusch sie sich jeden Tag ohne Ermahnung von selbst und frisierte ihr Haar besonders sorgfältig. Die erste Liebe eines Kindes gehört ja stets einem Vorbild, einem Menschen, den es anbetet. Eines Tages nun wurde die Lehrerin an eine andere Schule versetzt – Christine weinte drei Tage und drei Nächte, als wollte ihr kleines Herz zerbrechen. Einen Teil dieser Tränen enthält das Flacon, das ich hier in der Hand habe, es sind die Tränen des ersten Trennungsschmerzes.«

»Und das vierte Flacon?«

Die Mutter lächelte. »Das sind Christines Zornestränen über das eigene Versagen. Sie war damals sechzehn Jahre alt und hoffte, Eislaufmeisterin zu werden. Sie hatte auch jede Chance, als Siegerin aus diesem Wettlauf hervorzugehen, ihre Pflichtübungen und die Kür erfüllten ihr ganzes junges Leben, sie benutzte jede freie Stunde, auf dem Eis zu sein, neue Figuren zu ersinnen, Pirouetten zu drehen, ich mußte sie stets begleiten, sie fragte aufgeregt nach meinem Urteil, und immer wieder begann sie von neuem mit ihrem harten Training, sie hatte einfach nichts anderes im Sinn. Am Tag der Entscheidung aber – vielleicht war es die Aufregung, die Angst vorm Versagen, die sie nicht loswurde – kam sie nur auf den dritten Platz. Stumm verließ sie die Bahn, sie sprach kein Wort, als wir heimfuhren, aber zu Hause angekommen, löste sich ihre tiefe Enttäuschung, ihr Zorn gegen sich selbst in einem Tränenstrom. Ein paar Tränen davon sind in diesem kleinen Glas eingefangen. ›Hebe es auf, Mutter, für später!‹ sagte sie. ›Ich werde nie mehr weinen, wenn es einmal schiefgeht im Leben – diese Tränen sind auch geweint.‹«

Das fünfte Flacon war ein wenig größer als die übrigen.

»Tränen der unglücklichen Liebe«, sagte die Mutter, »meist in der Nacht geweint und nicht alle auf einmal. In der Liebe wechseln Regen und Sonnenschein, himmelhochjauchzend und zu Tode betrübt, es wäre nicht schön, wenn es anders wäre. Und so drückte ich manches tränennasse Tüchlein, das ich früh in ihrem Bett fand, hinein, zwei Jahre lang, bis Christine den Mann fand, der für ihr weiteres Leben bestimmend war. Ob sie dann auch geweint hat, bei ihm, von diesen Tränen weiß eine Mutter meist nichts, und es ist gut so.«

Sie nahm das sechste Flacon herunter. »Freudentränen«, sagte sie. »Diese Tränen weinte meine Tochter an jenem Tag vor zehn Jahren, als ihr Mann aus der Kriegsgefangenschaft heimkehrte. Sie war so unsagbar glücklich, daß sie nicht zu sprechen vermochte und ihr die Tränen über die Wangen liefen und sie es nicht einmal merkte. Es sind die kostbarsten Tränen meines Kindes, die ich wie ein Heiligtum hüte, die Tränen ihres Glückes.«

Ich sah noch ein letztes Flacon auf dem Regal. Es war leer, es war wirklich leer. Ich fragte nicht, welche Tränen Christines es einmal enthalten würde, ich wußte es. »Hoffentlich bleibt dieses Flacon noch recht lange tränenleer«, sagte ich.

Christines Mutter nickte. »Ich bleibe noch gern ein paar Jahre am Leben, aber wenn es einmal sein muß und der liebe Herrgott mich zu sich ruft – vielleicht sammelt ihr Mann dann die Tränen meines Kindes in diesem Flacon, wie ich es bisher tat, um sie zu trösten. Aber wie ich die Männer kenne, haben sie andere Rezepte, den Tränenstrom versiegen zu lassen, was brauchen Männer so kleine Flacons? Er wird bestimmt zu ihr sagen: ›Du siehst sie ja wieder...‹«

Die zweite Zeitung

Ich habe mir eine Zeitung abonniert. Nicht die hiesige, die ich sowieso schon halte, denn wer möchte ohne seine Tageszeitung leben? Nein, ich habe mir eine zweite Zeitung bestellt, aus einem Ort, genau achthundertneununddreißig Kilometer Luftlinie von meinem Wohnsitz entfernt, die Zeitung der Stadt, in der meine Kinder leben. Sie hat einen großen lokalen Teil und viele Inserate, und ich bin durch dieses Abonnement mit meinen Kindern viel stärker verbunden, als ich es ohne die Zeitung wäre.

Als mein einziger Sohn und seine Frau, beide berufstätig, vor zwei Jahren von mir wegzogen – sie wurden nach K. versetzt und bekamen an ihrem neuen Wohnort auch eine schöne Dienstwohnung zugewiesen, ganz abgesehen von der Verbesserung ihrer Einkünfte –, war es zunächst sehr einsam für mich alte Frau, ehe ich mich an das Alleinsein gewöhnte. Wohl wechselten wir in der ersten Zeit viele Briefe, mindestens zwei in der Woche, und ich schrieb den Kindern alles, was ich erlebt hatte. Die Kinder taten es umgekehrt und berichteten mir, wie es ihnen in der fremden Stadt erging, wie sie sich allmählich wohlzufühlen begannen, welchen Familien sie sich anschlossen, sie schickten mir auch einen Stadtplan und hatten ihr Haus, in dem sie lebten, rot angestrichen. Aber es war mir noch alles zu wenig, ich wollte das Leben mit meinen Kindern noch intensiver leben, so wie ich es nach Vaters Tod getan hatte, wo nichts geschah, was wir nicht voneinander wußten. Und als ihre Briefe immer seltener wurden, kam ich auf die Idee, mir die Zeitung der Stadt zu abonnieren, in der die Kinder leben.

Ich habe es nicht bereut, denn seitdem erfahre ich jeden Tag, wie es meinen Kindern ergeht. Ich sehe das Kinoprogramm und die Filme, die man bei ihnen spielt. Ich weiß, daß sie jede Woche einmal ins Kino gehen, immer am Donnerstag in die letzte Vorstellung. Da ich ihren Geschmack kenne, errate ich mit Sicherheit, welchen Film sie sich ansehen, und gehe daheim in den gleichen, am gleichen Donnerstag zur gleichen Stunde, und manchmal ist mir, als sei ich mit den Kindern ins Kino gegangen, als säßen sie neben mir. Meist trifft dann auch ein Sonntagsbrief ein. In ihm steht, daß sie am Donnerstag einen großartigen Film gesehen hätten, den ich mir auch unbedingt ansehen müsse. Sie wissen ja nicht, daß ich am gleichen Donnerstag zur gleichen Stunde im gleichen Film saß, da ich ihre Zeitung abonniert habe.

Ich habe ihren Stadtplan genau studiert und weiß, daß in der Nähe ihrer Wohnung das Kaufhaus liegt, dessen Inserate ganze Seiten der Zeitung einnehmen. Ich kenne meine Kinder, die mit dem Pfennig rechnen, und weiß, daß sie dort einkaufen, wo die Preise günstig sind. Wenn eine Blumenkohlschwemme einsetzt, wie vor wenigen Wochen, wo Blumenkohl als Sonderangebot angepriesen war, weiß ich, daß meine Schwiegertochter bestimmt im nahen Kaufhaus ihren Blumenkohl gekauft und am Abend im Topf hat. Da versuche auch ich mir am Abend einen Blumenkohl zu kochen, und es ist mir, als säßen wir wie früher gemeinsam an dem großen Tisch. Selbst beim Sommerschlußverkauf lese ich ihre Zeitung und weiß aus den Inseraten, wenn meine Kinder nicht widerstehen können, Geld auszugeben. Ich höre ihre Gespräche, wie sie daheim ihr Geld zählen und rechnen, ob es reicht und ob sie sich die einmalige Ausgabe leisten können, und bin als stummer Zuhörer so mitten in ihrem Gespräch. Und was das Sonderbarste ist: Ein paar Tage später steht es im Brief, daß mein Sohn sich ein paar neue Schuhe im Ausverkauf gekauft hat, spottbillig, und im Kaufhaus einen Übergangsmantel, weil er so günstig war.

Seitdem ich die Zeitung der Stadt, in der meine Kinder leben, abonniert habe, bin ich nicht mehr allein. Ich lese am gleichen Tag, ob bei ihnen Stromsperre ist, wenn eine Straßenbahn umgeleitet wird, ob sie den Tarif für den städtischen Omnibus erhöht haben, ja ich lese sogar aus dem Wetterbericht heraus, ob bei ihnen heute die Sonne scheint oder ob es regnet. Ich weiß am Morgen, wenn die Zeitung kommt, ob zur gleichen Stunde mein Junge seinen Schirm aus dem Schirmständer nimmt, wenn er zu seinem Arbeitsplatz geht, oder ob meine Schwiegertochter heute ihren hellen Sommerhut aufsetzen kann, den ich ihr zu ihrem Geburtstag schenken durfte.

Ich lese sogar den Roman in ihrer Zeitung in der Hoffnung, daß sie ihn auch lesen. Zuerst allerdings verfolge ich die lokale Chronik der Tagesereignisse, ob ein Unfall passiert ist, ein Überfall auf Frauen in der Dämmerung des Tages, ob der Blitz ein Haus eingeäschert hat, eine Überschwemmung die Straßen überflutet, eine Grippeepidemie herrscht. Wenn sich nichts Besonderes ereignet hat, lese ich beruhigt weiter. Ich sehe, welches Stück sie im Theater spielen, in dem meine Kinder ihr Montagsabonnement haben, wenn ein berühmter Sänger gastiert, ob ein Zirkus seine Zelte aufgeschlagen hat, selbst den Ausgang der Fußballspiele verfolge ich, da mein Junge immer ein Fußballfan war.

Meine Kinder wissen nicht, daß ich ihre Zeitung abonniert habe. Ich würde mich auch genieren, es ihnen zu gestehen. Denn ich will ihnen ja mit meiner Liebe nicht lästig fallen. Aber ich empfinde es als ein großes Glück, durch das Abonnement ihrem Leben so nahe zu sein, ohne daß sie eine Ahnung davon haben. Ich habe schon sieben Menschen bekehrt, auch Väter, deren Kinder in einer fremden Stadt wohnen, ihre Zeitung zu abonnieren, und noch keiner hat sie bis heute wieder abbestellt. Ich wünsche mir nur, daß meine Kinder es nie erfahren. Denn die Briefe zwischen uns sind immer seltener geworden und kostbarer, und wenn wir gelegentlich miteinander telefonieren, jeden ersten Sonntag im Monat, fragt mein Junge: »Geht es dir gut, Mutter?« Und ich antworte: »Danke! Ausgezeichnet! Und wie geht es euch?« So muß es bleiben, mehr soll es nicht sein, denn wer trägt sein Herz schon gern auf einem Präsentierteller?

Ein Muttertag ohne Blumen

Dominik, der neben mir in der Stadtverwaltung Dienst tat, hatte mich zum Muttertag in die Familie seiner Mutter eingeladen. Sie waren damals fünf Kinder gewesen, heute schon alle erwachsen und im Beruf stehend. Dominik war der Älteste, Christine und Josefine folgten, beide verheiratet, Petra fuhr die Fähre über den breiten Fluß, der die beiden Stadtteile voneinander trennte, selbständig, ohne männliche Hilfe, ein weiblicher Kapitän. Ich will hier nicht die ganze Familie aufzählen, was sie waren und wie sie wurden – kurz, eines Tages sagte Dominik zu mir: »Wenn du am Sonntag nichts Besseres vorhast – verleb den Muttertag mit uns.«

Ich hatte meine Bedenken. »Wollt ihr am Muttertag nicht lieber unter euch sein?« fragte ich.

Er packte mich am Arm. »Ich möchte, daß du meine ganze Familie kennenlernst. Am Muttertag besuchen wir alle unsere Mutter. Ich habe ihr von dir erzählt. Sie möchte dich gern kennenlernen.«

Seitdem meine Mutter gestorben ist, die ich an jedem Muttertag besuchte, wußte ich mit diesem Tag wenig anzufangen. Ich sah nach dem Kirchgang die Menschen mit Blumensträußen und blühenden Töpfen durch die Straßen eilen, ich stand vor den an diesem Tag offenen Blumenläden und sah die Leute sich drängen, ihre Einkäufe zu tätigen. Jedes Geschäft hatte reich vorgesorgt, denn für den Muttertag hatte man seit Jahren seine Stammkunden und konnte sich ungefähr ausrechnen, welche zufällige

Kundschaft noch bedient werden wollte. Denn in jedem Haus, in jeder Wohnung, in der eine Mutter lebt, stehen an diesem Tag Blumen auf dem Tisch, und wenn man am nächsten Morgen die Straßen passiert, leuchten von allen Fensterbrettern bunte Sträuße durch die Scheiben. Gewiß, man bringt auch praktische Geschenke am Muttertag, einen Korb mit Früchten und verschiedenen Leckerbissen, einen kleinen Teppich, den sich Mutter schon lange vor ihrem Sitz an der Fensterbank wünscht, denn eine Mutter hält ihre Füße gern warm, wenn sie auf ihrem Stuhl vorm Fenster sitzt und auf die Straße hinunterschaut – ohne Blumen aber ist keine Wohnung, und als ich am Muttertag der Einladung meines Freundes und Kollegen Dominik nachkam, hatte ich auch ein paar Nelken im Seidenpapier. Ich läutete. Ich hatte mich, da ich im Blumengeschäft warten mußte, ein wenig verspätet, es war zehn Minuten über der verabredeten Zeit. Ich mußte eine Weile warten und vermutete schon, man hätte mein Läuten überhört, als die Tür aufging und Dominiks Mutter mich an der Tür empfing.

»Kommen Sie schnell!« sagte sie. »Ihre Suppe steht schon auf dem Tisch!« Ich kam gar nicht dazu, ihr die Blumen zu überreichen, so schnell war sie verschwunden. Ich legte mein Mitgebrachtes auf die zugedeckte Nähmaschine im Gang, schlüpfte aus dem Mantel und betrat das Wohnzimmer, wo die ganze Familie bereits um den Tisch saß.

Der Tisch war ausgezogen und mit zwei Tischtüchern bedeckt, sechs Personen saßen auf jeder

Längsseite, oben, meinem leeren Stuhl gegenüber, saß Dominik und winkte mir fröhlich zu. Die Mutter stand hinter mir am Büfett und brachte mir einen Teller Suppe. Vergeblich blickte ich mich um, wo ihr Platz am Tisch war, aber ich sah keinen freien Stuhl. Als ich mich von dem meinen erheben wollte, in der Annahme, daß man mit meinem Kommen nicht mehr gerechnet hatte und dies der Platz der Mutter war, drückte sie mich auf den Stuhl zurück und bat mich zu essen.

»Ich muß in die Küche zurück, den Braten fertig zu machen«, sagte sie und verschwand.

Nicht eine der erwachsenen Töchter oder Schwiegertöchter stand zu meinem Erstaunen auf, der Mutter zur Hand zu gehen. Nicht einmal dann, als die Mutter mit einem schweren Stoß Teller durch die Tür trat, erhob sich eine der Töchter oder einer der Söhne, sie der Mutter abzunehmen. Und noch eines fiel mir auf: Ich sah keine einzige Blume am Tisch. Ein paar Azaleen von vorgestern, fast ohne Blüten, am Fensterbrett, das war alles.

Unwillkürlich entfuhr mir die Frage: »Wir haben doch heute Muttertag?«

»Ja«, sagte man mir von allen Seiten, während die Mutter mit der großen Bratenschüssel hereinkam und sich mühte, durch die enge Tür zu kommen, »wir sind heute alle zu Gast bei Mama.«

Ich kannte den Muttertag aus anderen Familien, auch von mir daheim. Da hatte Mutter den Ehrenplatz am Tisch, ihr Teller war mit Blumen umkränzt, sie saß da in ihrem guten Schwarzseidenen, und alle Familienmitglieder gingen ihr zur Hand, ihr aufzulegen, den Braten, das Gemüse, die Kartoffeln. Mutter durfte nichts selbst tun und mußte sich verwöhnen lassen. Vor ihr standen herrliche Rosen oder ein Nelkenstrauß. Hier aber war nichts von alledem, hier war es die Mutter, die den erwachsenen Kindern auflegte, das Fleisch, das Gemüse, die Kartoffeln, zum Schluß ging sie sogar noch mit der Saucière von Stuhl zu Stuhl und gab zwei Löffel Bratensoße über das Fleisch. Mir war ein wenig unbehaglich bei diesem Anblick, daß man so gar keine Rücksicht auf den Ehrentag der Mutter nahm, ihr mit keiner Blume die kindliche Verehrung offensichtlich gemacht hatte, daß ich froh war, als nach der Mahlzeit sich die Kinder vom Tisch erhoben und sich in den Garten verliefen und ich den Vorzug erhielt, allein mit der Mutter am Kaffeetisch zu sitzen. Sie hatte meine Blumen hereingeholt, sie in eine Vase gestellt und richtete sie jetzt mit ihren Fingern, daß die Blüten nach allen Seiten durch das zarte Grün schauten.

»Das ist eigentlich gegen die Vereinbarung, daß ich zum Muttertag Blumen erhalte«, sagte sie. »Hat Ihnen dies Dominik nicht ausdrücklich gesagt?«

Ich verstand die Frage zuerst nicht und sagte: »Gerade am Muttertag?«

»Ich habe meinen Kindern ausdrücklich verboten, mich am Muttertag zu beschenken und zu verwöhnen«, sagte Frau Anna Hanke, Dominiks Mutter. »Es ist bei uns umgekehrt wie in anderen Familien. Da entsinnt man sich am Muttertag der Mutter, bringt ihr ein paar Blumen, lädt sie zum Essen ein, zu einer Wagenfahrt auf überfüllten Straßen und in noch überfülltere Gaststätten, wo an allen Tischen Mütter sitzen, denen man am müden Lächeln ansieht, daß das alles viel zu viel für sie wird, an dem einen Tag im Jahr. Meine Kinder aber, alle meine Kinder, meine Schwiegersöhne und Schwiegertöchter, verwöhnen mich das ganze Jahr über. Da vergeht kein Tag, an dem sie mich nicht anrufen, pünktlich auf die Minute, jedes einzelne Kind, ich kann die Uhr danach stellen. Früh um acht ist es Christine, und schon unser kleines Enkelkind Pamela jubelt mit ins Telefon, um neun Uhr ruft meine Tochter Josefine an und erkundigt sich, wie ich geschlafen habe. So geht es den ganzen Tag, ich bin nie ohne meine Kinder, sie erzählen mir alles, was sie erleben, jede Gehaltsaufbesserung berichten sie mir, aber auch, wenn sie Schnupfen haben oder nicht wissen, was sie heute kochen sollen. Wenn sie auf Reisen sind, schreiben sie mir jeden Tag, und wenn es manchmal auch nur eine kurze Karte ist, etwas Besonderes steht immer darauf. Und ehe ich abends schlafen gehe, darf ich bei den Kindern anrufen und ihnen eine gute Nacht wünschen. Das darf nicht jede Mutter, denn es stört, wenn die Kinder Besuch haben oder gerade fernsehen. Ich aber darf es, meine Schwiegersöhne und Schwiegertöchter haben nichts dagegen. Es ist so beruhigend für eine alte Frau, am Abend noch einmal die Stimme der geliebten Kinder zu hören. Und Blumen bringen sie mir alle, ich bin nie ohne Blumen, im Frühling Flieder, im Sommer Rosen, im Winter Azaleen. Sie sind oft sehr leichtsinnig in ihren Ausgaben und sehen das Geld nicht an, ich schimpfe sie dann, nicht ernstlich, wenn mir mein Schwiegersohn Günter im März Flieder bringt. Ich habe so eigentlich von den dreihundertfünfundsechzig Tagen im Jahr dreihundertvierundsechzig Tage immer Muttertag, immer steckt ein anderes Kind den Kopf zur Tür herein, oder meine Schwiegertochter kocht für mich, ich darf nur am Tisch sitzen und muß mich verwöhnen lassen. Da habe ich es eingeführt, daß ich am Muttertag die Kinder verwöhne, daß sie mir an diesem Tag nichts schenken dürfen, keine Blume, kein Obst, daß ich sie an diesem Tag bediene und ihnen auflege und sie verwöhne, und so ist der Muttertag auf diese Weise für mich der schönste Tag im Jahr geworden, wo ich nichts anderes bin als eine Mutter, die für ihre Kinder sorgt.«

»Und die Kinder halten sich daran und bringen keine Blumen?« fragte ich.

Frau Anna Hanke lächelte, beugte sich zu mir und sagte leise: »Der Muttertag geht genau bis sieben Uhr, wo die Kinder dann nach Hause gehen, um die eigenen ins Bett zu bringen. Bis um sieben Uhr darf ich mein Schlafzimmer nicht betreten. Dominik hat den Schlüssel versteckt. Ehe er geht, legt er ihn draußen auf die Decke der Nähmaschine. Wenn Sie bis um sieben Uhr bleiben, lieber Freund, dann werden Sie sehen, daß das ganze Schlafzimmer voller Blumen steht, sogar Rosen sind heute darunter, ich habe den Duft der Rosen durch das Schlüsselloch geschnuppert...«

Sekt zum Muttertag

Meine drei Töchter kamen zu ihrer Mutter gelaufen.

»Mutti, wünsch dir zum Muttertag etwas ganz Tolles! Wir schenken es dir«, sagten sie. »Willst du einen neuen Pelzkragen aus Nerz?«

»Kinder! Kinder! Habt ihr denn so viel Geld?«

»Wir haben etwas gespart, und den Rest zahlt Vati.«

»Oder wünschest du dir eine neue Handtasche?«

»Wißt ihr, was die kostet?«

»Wir haben etwas gespart, und den Rest zahlt Vati.«

»Das Schönste für dich, Mutti! Du bist unsere Beste! Wir haben auch schon erwogen, dir einen schönen, bequemen Sessel zu schenken, wie Vati ihn hat, einen Sessel für dich ganz allein. Wir haben Bezugstoffe gesehen, Mutti, so etwas Schönes, wie echter Gobelin und noch schöner! Du wirst wunderbar in dem Sessel aussehen, Mutti!«

»So ein schöner Sessel ist nicht billig, Kinder.«

»Wir haben etwas gespart, und den Rest zahlt Vati.«

Vati, das bin ich. Was meine Töchter sich gespart haben und für den Muttertag auszugeben bereit sind, reicht meist nicht für die Manschetten um die Blumen. So sind Kinder. Die eine braucht eine neue Beleuchtung für ihr Fahrrad, die zweite einen neuen Badeanzug, die dritte eine Tragtasche für ihre Kamera und einen Belichtungsmesser – da geht das Taschengeld schon darauf.

Ich nahm mir meine drei Töchter, fünfzehn, sechzehn, siebzehn Jahre, vor und sagte: »Kinder, so geht das nicht! Ihr seid jetzt erwachsen. Wenn ihr Mutter etwas schenken wollt zum Muttertag, so müßt ihr es aus Eigenem geben. Ein Geschenk soll ein Opfer sein, erst dann freut sich Mutti darüber.«

»Aber wir haben doch kein Geld, Papa!«

»Ihr bekommt genug Taschengeld im Laufe eines Jahres, da spart man etwas für den Muttertag.«

»Aber wir haben nicht gespart!«

»Dann seht diesmal zu, wie ihr fertig werdet.«

Manchmal bin ich, wie man sieht, rigoros.

»Dein letztes Wort, Papa?«

»Mein letztes, Kinder!«

Da war jetzt guter Rat im wahrsten Sinne des Wortes teuer.

Acht Tage fehlten noch bis zum Muttertag.

Zuerst kamen die Töchter einzeln zu mir: »Papa, schenkst du mir etwas? Papa, borgst du mir etwas? Papa, kann ich mein Taschengeld für die nächsten drei Monate voraus haben?«

Ich schüttelte bei jeder den Kopf. »Nichts gibt's! Denkt nach!«

»Wenn ich dir dein Auto wasche –«

»Dafür zahle ich zwei Mark.«

»Wenn ich deine Bücher in der Bibliothek abstaube und ausklopfe –«

»Dafür zahle ich drei Mark.«

»Wenn ich deine Rosen ausjäte, umgrabe und mit echtem Mist vom Nachbarn dünge –«

»Dafür zahle ich vier Mark.«

Aber auch vier Mark reichen nicht für ein schönes Muttertagsgeschenk. Christine wusch nicht das Auto, Karoline staubte nicht die Bücher ab, und Josefine mistete nicht die Rosen – sie gaben es schon vorher auf.

Am Muttertag erschienen meine drei Töchter in ihren neuen Sommerkleidern, die ich ihnen für diesen Tag gekauft hatte, zur Gratulationscour bei ihrer Mutter.

»Alles Gute zum Muttertag, Mutti«, sagte Christine, fünfzehn, und holte einen hinter ihrem Rükken versteckten Strauß hervor. »Ich weiß, wie sehr du Johanneswedel liebst, der nur um diese Jahreszeit im Bielatal wächst. Da bin ich gestern drei Stunden hingelaufen und drei Stunden zurückgelaufen, um dir einen Strauß von deinen Lieblingsblumen zu pflücken. Die Füße haben mir sehr weh getan, ich habe extra meine harten Schuhe angezogen, um dir ein richtiges Opfer zu bringen. Freust du dich über die Blumen, Mutti?«

Die Mutter drückte Christine und ihre Blumen beglückt an ihr Herz und sagte: »Ich danke dir! Damit hast du mir die größte Freude gemacht, mein Herz!«

Unsere zweite Tochter, Karoline, sechzehn, gab ihrer Mutter ebenfalls einen Kuß. »Alles Gute zum Muttertag, Mutti!« sagte sie. »Ich habe dich photographiert und die Bilder vergrößern lassen und alle in dieses Album eingeklebt. Das ist nur ein kleines Geschenk, ich weiß es. Ich habe auch noch ein großes Geschenk. Weißt du noch, wie ich dir vor drei

Wochen deine weiße Bluse und die schwarzen Lackschuhe abbettelte, die du nicht hergeben wolltest, weil du sie selber noch brauchtest? Erinnerst du dich noch, wie ich jeden Tag immer wieder mit dieser Bitte zu dir kam, du zuerst böse wurdest und dann doch nachgabst und mir die Schuhe und die Bluse schenktest? Ich habe mir gedacht, wenn ich dir die Bluse, die ich noch nicht angehabt habe, und die Schuhe, die ich nur einmal getragen habe, obwohl sie mir beide sehr gut gefallen, als Opfer zurückgebe, nimmst du sie als Muttertagsgeschenk an?«

Die Mutter lächelte: »Ich weiß, wie sehr du dir diese Dinge gewünscht hast und wie schwer es dir fällt, sie zurückzugeben. Dafür danke ich dir, Karoline. Gleich heute ziehe ich die Bluse an, denn sie ist die schönste Bluse, die ich je besaß. Jetzt, wo sie von dir kommt, ist sie noch viel schöner geworden.«

Josefine, unsere Älteste, siebzehn Jahre, trat mit einem Korb Sekt herein. Sie plagte sich sehr, ihn zu tragen. »Alles Gute und Liebe zum Muttertag, Mutti!« sagte sie. »Ich habe mein Fahrrad verkauft, um dir ein Muttertagsgeschenk aus dem Eigenen machen zu können. Hier ist es. Zwölf Flaschen Sekt. Prosit, Mama!«

Meine Frau zog ein verwundertes Gesicht. »Dein Fahrrad verkauft? Sekt für mich? Was soll ich mit zwölf Flaschen Sekt?«

Josefine sagte: »Ich weiß genau, daß du sie dringend brauchen wirst, Mutti! Denn heute kommt Peter, den ich vor acht Wochen kennengelernt habe, ein junger Arzt, von der städtischen Kinderklinik, der einen eigenen Wagen hat. Deswegen brauche ich mein Fahrrad nicht mehr, und den Sekt brauchen wir, weil er heute bei dir und Vati um meine Hand anhalten wird, und an so einem Tag müssen doch die Pfropfen springen!«

Da wurde das Gesicht der Mutter ein wenig traurig. Sie sah auf mich und sagte: »Daß du so jung heiratest! Dann habe ich ja nur noch zwei geliebte Töchter, wenn du heiratest und wegziehst.«

Josefine sagte glücklich: »Wir ziehen nicht weg. Wir ziehen zu euch. Denn eine Wohnung haben Peter und ich noch nicht...«

Muttertagsfahrt nach Wien

»Am Muttertag fahren wir zusammen nach Wien, nur du und ich, Mutter«, sagte Franz Hosse zu seiner Mutter, »das ist mein Geschenk an dich. Wir zwei fahren ganz allein und sehen uns drei Tage Wien an.«

»Haben wir denn das Geld dazu?«

»Es ist nur einmal Muttertag, und du kennst Wien noch nicht.«

»Ja, aber – für mich alte Frau – so eine teure Reise –«

Franz Hosse ist vierzig Jahre, Rundfunkhändler in Ingolstadt. Da hat man neuerdings viel Ärger mit den Preisen, seitdem sie nicht mehr vorgeschrieben sind. Jeder Kunde verlangt einen Extrarabatt, erwartet, daß man die Fernsehgeräte umsonst aufstellt, die geknickten Antennen gratis richtet, da fließt das Geld nicht so üppig, und eine Reise nach Wien, das ist schon eine Sache, die überlegt sein will. Reisen bildet, aber Reisen kostet. Er hat das Geld dafür zurückgelegt, sagen wir offen: gespart. Das ist keine Schande, das können wir ruhig zugeben. Er möchte Mutter einmal so richtig verwöhnen, sie hat sonst nicht viel vom Leben. Der Muttertag ist der rechte Anlaß. Jetzt ist die schönste Reisezeit, sie wird vorn neben ihm im Wagen sitzen, sie werden durch Salzburg fahren, im Stiftskeller einen Prälatenwein trinken und ein Gulasch dazu essen, dann geht die Fahrt weiter nach Linz, die Donau entlang, durch die Wachau, am Stift Melk, dem achten Weltwunder, vorbei –

»Freust du dich auf unsere Reise, Mutter?«

»Ja, schon – aber haben wir denn das Geld dazu?«

Mutter freut sich. Sie kann es nur nicht so richtig von sich geben. Seitdem ihr Mann von ihr gegangen ist, vor zwölf Jahren, hat sie bei den Kindern gelebt, hat die Enkel großgezogen, die heute zehn, elf und vierzehn Jahre alt sind, sie ist immer daheim geblieben, wenn die Kinder verreist waren. Einer muß ja aufs Haus aufpassen, auf die Schularbeiten der Kleinen, auf den Garten, da ist eine Großmutter schon am rechten Platz. Jetzt kommt der Lohn. Die Reise nach Wien. Mit Franz, ihrem Buben, ihrem Einzigen.

Es ist ihre erste große Reise seit zwölf Jahren. Sie hat sich schon ein Buch über die Wiener Sehenswürdigkeiten herausgesucht und liest es am Abend laut vor, ihrer Schwiegertochter, die Wien auch noch nicht kennt, und ihren Enkeln. Sie träumt davon, wie sie mit ihrem Franz vor der Kaiserin Maria Theresia an der Burg stehen wird, wie sie zum Schloß nach Schönbrunn fahren, sie sieht den Stephansdom schon vor sich, den vielbesungenen Wienerwald, Grinzing und Nußdorf, vielleicht wird ihr Sohn sie auch einmal ins Burgtheater führen, am Nachmittag, wo es billiger ist, oder sie werden zusammen nach Fischamend hinausfahren, wo die Donau so breit fließt und wo es herrliche Fische zu essen gibt – das alles hat sie in dem Buch gelesen, sie macht Pläne über Pläne, sie hat nur eine Sorge: Diese Reise wird viel Geld kosten, das Benzin, die Hotels, das Essen.

»Könnten wir nicht Frau Randelkofer von der Gelbsattelstraße mitnehmen?« sagte sie darum eines Tages zu ihrem Sohn. »Frau Randelkofer hat dringend in Wien zu tun, sie würde gern mitfahren und sich am Benzin beteiligen. Wir haben doch hinten genug Platz im Wagen, Franz.«

»Ich wäre lieber mit dir allein gefahren, Mutter.«

»Ja, aber – für mich wäre es schon eine große Erleichterung, wenn jemand sich am Benzin beteiligen würde, dann koste ich nicht so viel.«

Mütter haben das Talent, das gleiche Thema so lange auf den Tisch zu bringen, bis sie ihr Ziel erreicht haben. Franz sagte also ja, und Frau Randelkofer fuhr mit und beteiligte sich am Benzin.

Kaum hatte Franz in diesem Punkt nachgegeben, hatte die Mutter schon wieder ein neues Anliegen.

»Frau Randelkofer hat es Frau Molltaschel erzählt, daß sie mit uns nach Wien fährt und daß noch ein Platz im Wagen frei ist. Frau Molltaschel ist Wienerin und würde sich auch gern am Benzin beteiligen. Außerdem hat ihre Schwester eine große Wohnung in Wien, und wir könnten dort die drei Tage umsonst wohnen. Was hältst du davon, Franz?«

Franz hielt gar nichts davon, aber was blieb ihm übrig? Nun gut, sollten die beiden Damen hinten im Wagen sitzen. Benzin spart jeder gern. Er wußte noch nicht, daß Frau Molltaschel es bereits einer dritten Person erzählt hatte, die sich nun ebenfalls am Benzin beteiligen wollte, denn so billig käme sie nie wieder nach Wien.

»Die Damen rücken hinten eben ein wenig zusammen«, sagte die Mutter. »Frau Wawra will ihre Mutter zum Muttertag in Wien überraschen. Sie haben dort ein Wirtshaus am Praterstern, und wir sind dort jeden Tag zum Essen eingeladen. Ist das nicht herrlich, Franz? Auf diese Weise kostet dich die Reise fast nichts, und wir sparen viel Geld.«

Am Tag vor dem Muttertag stand der Wagen startbereit. Die Mitfahrenden waren bereits eingestiegen. Er war hinten mit drei Personen besetzt, die sich alle am Benzin beteiligen und in Wien für Essen, Trinken und Unterkunft sorgen wollten. Die Damen saßen zwar ein wenig eng, aber vorn war auch nicht allzu viel Platz.

Da saß zwischen Franz und seiner Mutter ein neunzehnjähriges Mädchen, das zwar nicht viel Platz einnahm, denn es war sehr mager und dünn.

Frau Wawra hatte in letzter Minute noch ihr Kind mitgebracht. »Gundula kann vorn zwischen Ihnen sitzen«, hatte sie gesagt, »dafür habe ich den Reiseproviant bis Wien für alle mitgebracht.« Sie hob einen großen Korb hoch, und darüber freuten sich alle. Vor allem die Mutter von Franz.

Auch sie war bereits eingestiegen, aber plötzlich sagte sie: »Ich muß noch einmal ins Haus. Mir ist etwas eingefallen.« In ihrer Zerstreutheit nahm sie ihren Koffer mit, und alle warteten geduldig auf ihre Rückkehr.

Der Motor lief schon und summte leise vor sich hin. Das darf er, wenn das Benzin in vier Teile geht. Aber er lief jetzt schon sehr lange, und die Mitfahrer wurden ungeduldig.

»Wo nur Ihre Frau Mutter so lange bleibt?«

Frau Wawra sagte: »Vielleicht nimmt sie ihre Tropfen. Alte Damen nehmen immer Tropfen.«

»Ich werde nachsehen«, sagte Franz.

Er wollte gerade aussteigen, da kam die Mutter aus dem Haus, mit hochrotem Gesicht. Sehr aufgeregt und bester Laune. Sie trug jetzt einen anderen Koffer und schob ihre Schwiegertochter vor sich her. »Schnell! Steig ein!« sagte sie zu ihr. »Du kennst Wien auch noch nicht und hast so schnell nicht wieder die Gelegenheit, Wien so billig kennenzulernen!«

»Aber Mutter!« rief Franz überrascht.

Die Mutter strahlte glücklich: »Das habe ich mir schon am ersten Tag vorgenommen. Ich komme mit meinen sechzig Jahren noch leicht ein paarmal nach

Wien, aber am Muttertag gehört die Mutter der Kinder zum Vater der Kinder. Es ist ja Muttertag und nicht Großmuttertag. Ich bleibe lieber bei meinen Enkeln, und wenn ich sie recht betrachte und einmal für mich allein habe, kann mir die blaue Donau, der Stephansturm, der Wienerwald und die ganze Kaiserin Maria Theresia gestohlen bleiben.«

Das tote Herz

Ingenieur Dörner, achtundvierzig, war mit seinem Wagen unterwegs. Diesmal nicht in Geschäften, denn schließlich war heute Sonntag und Muttertag noch dazu, aber es hinderte Herrn Dörner nicht, ein Fernsehgerät im Wagen mitzuführen, das er bei einem auswärts wohnenden Kunden aufstellen wollte, zunächst einmal zur Probe, vielleicht würde in Kürze ein Kauf daraus, man muß mit der Zeit geizen, auch am Sonntag kann man ein paar Mark verdienen, schließlich kostete der Sonntag das meiste Geld in der Woche, man ißt besser, man trinkt besser, die kleinen Nebenfreuden nicht eingerechnet – außerdem lag das Haus des Kunden am Weg.

Herr Dörner fuhr zu seiner Mutter, einen großen Strauß Nelken neben sich, um sie zu besuchen. Er kam nicht oft im Jahr dazu, eigentlich nie. Mutter wohnte allein mit ihrer jüngsten Schwester, beide verwitwet, und wenn er sich recht entsann, so war Mutter sogar ein paar Wochen schwer krank gewesen, eine verschleppte Grippe, aber jetzt war es überwunden, er hatte in dieser Zeit jeden Tag anrufen lassen, immer wollte er zu ihr hinausfahren, aber so ein Geschäftstag hat nur vierundzwanzig Stunden, er hätte die Zeit dazu stehlen müssen, und schließlich, ein guter Arzt am Krankenbett vermag mehr als ein besorgter Sohn. Nur am Muttertag – das ließ er sich nicht nehmen – fuhr er jedes Jahr zu seiner Mutter nach Ottabrunn hinaus, brachte ihr einen Strauß langstieliger roter Nelken, zwei Dutzend, aß mit ihr zu Mittag und fuhr bald nach dem Essen wieder in die Stadt zurück.

Die Aufstellung des Fernsehgerätes hatte mehr Zeit in Anspruch genommen, als Dörner gedacht hatte. Er hatte nicht berechnet, daß auch sein Kunde diesen Muttertag mit seiner Mutter feiern wollte. Er war mit ihr zur Kirche gegangen und anschließend in eine Konditorei. Herr Dörner mußte warten, und als es endlich soweit war, daß der Interessent wider alles Erwarten schon heute den Kaufvertrag unterschrieben hatte, war es bereits zwölf Uhr gewesen. Hundert Kilometer lagen noch vor ihm, und Herr Dörner beeilte sich, Ottabrunn auf dem schnellsten Weg zu erreichen.

Die beiden Schwestern bewohnten ein kleines Gartenhaus. Es hatte einmal zu einem ausgedehnten Schloßbesitz gehört, war das alte Haus des Gärtners gewesen, in die große Parkmauer eingebaut, drei sonnige Zimmer, alte Bäume und ein tiefer Frieden ringsum.

Die Schwester stand im Garten, mit dem Hochbinden der Rankrose beschäftigt. In der Schürzentasche steckte die Gartenschere, bunte Bastbänder schauten heraus, und an ihren Händen trug sie dicke Lederhandschuhe gegen die Dornen. Sie sah uninteressiert von ihrer Arbeit auf, als ihr Neffe in schneller Fahrt vorfuhr, hart bremste und heraussprang.

»Tag, Tante Jenny! Wie geht es Mutter?«

Die Tante ging ihm keinen Schritt entgegen. »Sie schläft«, sagte sie.

»Etwas Ernstes?«

»Nein. Sie ist nur müde.«

»Ich habe mich ein wenig verspätet – es tut mir leid –« Er war durch die Gartenpforte eingetreten, schloß sie hinter sich und reichte der Tante die Hand.

Sie zog ihre dicken, mit Erde beschmutzten Handschuhe nicht aus und hielt ihrem Neffen zwei Finger hin. »Deine Mutter hat seit zehn Uhr auf dich gewartet«, sagte sie, ohne ihrer Stimme irgendwelchen Ausdruck zu verleihen, »sie hatte ihr gutes schwarzes Kleid angezogen und saß die ganze Zeit am Fenster. Dann ist es ihr zu viel geworden, und sie hat sich ein wenig hingelegt. Ich war inzwischen in der Gärtnerei und habe einen Blumenstrauß oben in ihr Zimmer gestellt – wenn du nicht gekommen wärst, hätte ich ihr gesagt, sie sind von dir –«

»Schon gut«, sagte Herr Dörner ärgerlich, »ich wurde aufgehalten. Man kann auch nicht immer, wie man will. Aber gekommen wäre ich bestimmt, wie jedes Jahr zum Muttertag.«

»Ich weiß, du bist ein guter Sohn. Deine Mutter sagt es immer wieder.«

»Warum dieser ironische Ton? Hat Mutter nicht alles, was sie braucht?«

Tante Jenny klappte die Schere zu und schob sie wieder in die Tasche. Dann band sie sich die Schürze ab und hängte sie an den Haken hinter der Tür. »Natürlich hat sie alles, was sie braucht«, sagte sie mit ihrer trockenen Stimme, die keine innere Bewegung erkennen ließ. »Sie hat durch dich ihr Auskommen, keine Sorgen, jedes Weihnachten bekommt sie ihr neues Kleid, neue Schuhe, und auch sonst noch ein großes Paket – du läßt dich nicht lumpen, Fritz, du schickst ihr den besten Arzt, wenn sie krank ist, und fragst nicht danach, was die Medizin kostet... Es sorgt nicht jeder Sohn so vorbildlich für seine Mutter.«

»Was machst du mir also zum Vorwurf?«

Tante Jenny hob den Kopf und brachte ihn ganz dicht an sein Gesicht heran. Dörner sah zum ersten Male, wie alt sie geworden war. Einmal war sie seine junge Tante gewesen, lebenslustig, immer lachend. Wie stolz war er als Schüler, wenn sie ihn im Internat abholte, seine junge schöne Tante!

Heute zeigte ihr Gesicht jene herbe Strenge, wie sie die jungen Schönen im Alter gern zu bekommen pflegen. Sie war nicht sehr groß, und wie sie jetzt dicht vor ihm stand und zu ihm hinaufschaute, ihr Gesicht so nahe dem seinen, als wollte sie es genau studieren, ehe sie ihm Antwort gab, sagte sie: »Es ist keine Liebe in dir.«

»Das sind doch Hirngespinste!«

»Du liebst sie nicht.«

»Wenn ich dich nicht so gut kennen würde, Tante Jenny –«

»Du hast ein totes Herz.«

Herrn Dörner begann die Fußsohle zu jucken. Das war immer so, wenn er sich ärgerte, eine Folge seiner Zuckerkrankheit. »Jetzt hör mit dem Unsinn auf, Tante Jenny«, sagte er und bemühte sich, seinen Ärger zu verbergen. »Geht es euch beiden hier nicht ganz gut? Habt ihr nicht alles, was ihr zum Leben braucht? Und wer ermöglicht euch das? Wer bezahlt das Ganze? Sogar für dich – verzeih, wenn ich es offen ausspreche – sorge ich, damit Mutter nicht allein ist. Ich habe dich gebeten, mit ihr zusammenzuziehen, und es geht dir doch jetzt, soweit ich mich erinnere, wesentlich besser als früher.«

Jennys Mund zeigte ein schmales Lächeln. »Du bist ein vorbildlicher Sohn. Du tust alles, was du vermagst, sogar den Muttertag vergißt du nicht, jedes Jahr kommst du an diesem Tag zu uns heraus, jedes Jahr einen Tag – zu Weihnachten telefonierst du, zu Ostern telefonierst du, auch an ihrem Geburtstag rufst du an und schickst Blumen, du vergißt ihn nie im Drang deiner Geschäfte. Wahrscheinlich hast du ihn im Kalender rot angestrichen, und deine Sekretärin sagt: ›Morgen hat Ihre Frau Mutter Geburtstag, Herr Dörner!‹, und du antwortest: ›Gut, daß Sie mich daran erinnern – verbinden Sie mich mit einem Blumengeschäft!‹ Ist es so?«

»Tante Jenny! Du bist ein böses altes Weib!«

»Vielleicht hast du recht«, sagte sie und zog ihre dicken Handschuhe aus. »Man wird böse, wenn man älter wird und die Lieblosigkeit in der Welt erkennt. Weißt du, wie es in einem alten Menschen aussieht? Man hat Zeit zum Nachdenken, da kommen die Erinnerungen... Deine Mutter spricht den ganzen Tag immer nur von dir, als du klein warst und wie sie nicht von deinem Bett weggehen durfte, ehe du eingeschlafen warst, wie du jedesmal zu weinen begannst, wenn sie in die Stadt fuhr und du eine Stunde ohne sie hättest bleiben müssen... Wie glücklich ist deine Mutter, wenn sie an damals denkt, als sie dich immer bei sich hatte! ›Das war meine schönste Zeit, Jenny‹, sagt sie immer, ›der Junge und ich.‹« Sie machte eine Pause, hob eine Tonscherbe auf, die liederlich auf dem Weg lag, und warf sie über den Zaun. »Jetzt hat sie dich nur einen Tag im Jahr, am Muttertag«, fuhr sie fort. »Wenn sie diesen Muttertag nicht eingeführt hätten, würde sie dich vielleicht überhaupt nie zu Gesicht bekommen. So aber kommst du, bringst ihr Blumen, nimmst ihre Hand, ihr sitzt zusammen, dann gehst du wieder, und dann kommt für sie ein langes Jahr, wo keiner ihre Hand hält, wo sie allein auf ihrem Stuhl sitzt und denkt und denkt... An mir hat sie auch nichts, ich bin nicht sehr gesprächig, wir zwei haben uns schon als Kinder nicht recht vertragen, ich lebe lieber allein für mich – glaubst du, es genügt, einmal im Jahr, am Muttertag, zu erscheinen? Mit ein paar Blumen in der Hand? Damit ist der Liebe einer Mutter nicht genug getan... Ich habe keine Kinder, ich weiß nicht, wie das ist, an sein Kind zu denken und es nicht zu sehen, einundfünfzig Wochen und sechs Tage im

Jahr nicht zu sehen, obwohl es nur zwei Bahnstunden entfernt wohnt. Wenn ich einen Sohn hätte, der so an mir handelt und mich in tiefer Einsamkeit allein läßt, ich glaube, ich wäre so verworfen, daß ich ihm wünschte, er sollte auch Kinder haben, an denen sein ganzes Herz hängt, für die er Opfer und Verzicht gebracht hat, und wenn er dann alt wird und Hilfe und Liebe braucht, soll er einsam sein, einsamer als ein Mann auf einer Eisscholle im Meer, nicht einmal Möwen dürften um ihn sein und keine Wolken am Himmel, daß er durch ihren Flug nicht abgelenkt würde von seiner grenzenlosen, grausamen Einsamkeit...«

Sie saßen im Wohnzimmer zusammen, der Sohn und seine Mutter. In ihrem Schoß lagen die Nelken, die langstieligen, kostbaren, sie hielt die Hand des Jungen in ihren beiden Händen. »Wie schön, dich wieder einmal bei mir zu haben, Junge«, sagte sie. »Sei mir nicht böse, daß ich dir mit meiner dummen Krankheit Sorgen gemacht habe – du hast jeden Tag angerufen, ich habe es erst hinterher erfahren, das kostet doch so viel Geld, das teure Telefon... Und heute wieder die schönen Blumen, ich muß Gott recht dankbar sein, daß er mir einen so guten Sohn geschenkt hat.«

»Wenn dir Gott antworten würde, Mutter, müßte er dir sagen, was für ein schlechter Sohn ich bisher war. Mir hat er durch einen seiner Engel – nicht den schönsten, den er hat, aber ich verdiene ja auch keinen besseren – die Augen geöffnet.«

»Was redest du da für dummes Zeug, Junge!«

»Ich habe dich die ganzen Jahre allein gelassen, Mutter. Aber heute fahre ich nicht wieder weg von dir, wie jeden Muttertag, heute nehme ich dich mit, zu uns, zu meiner Frau, zu den Kindern – ich habe vor einer halben Stunde mit ihnen telefoniert, sie freuen sich so sehr auf dich, und in diesem Augenblick wird das schönste Zimmer bei uns für dich eingerichtet. Du fehlst uns. Wir brauchen dich, Mutter!«

Da sah die alte Frau zu Boden, auf ihre um die Hand ihres Sohnes gefalteten Hände, und sagte glücklich, kaum hörbar: »Ja, wenn ihr mich braucht...«

Zwei Tage vor Pfingsten

Zwei Tage vor Pfingsten ist die Zeit des großen Stöberns. Jedes Jahr um diese Zeit sah man Frau Häusermann mit einem Kopftuch um das weiße Haar und einer großen Kleiderschürze angetan in ihrer Wohnung das Unterste zuoberst kehren. Da wurden von ihr das kleine Haus und der Garten auf Hochglanz hergerichtet, da wurden die Fenster geputzt, die Teppiche geklopft, der Fußboden gescheuert und gebohnert, die Küche frisch geweißelt und der Winter endgültig aus dem Haus gekehrt. Die schwere Arbeit fiel Frau Häusermann nicht leicht, sie war schon über die Fünfzig, seit vielen Jahren Witwe, schon spürte sie die ersten Beschwerden des Alters, aber wenn das Pfingstfest kam, verschwand alle

Müdigkeit aus ihren Gliedern, sie arbeitete freudig erregt vom frühen Morgen bis spät in die Nacht, um das Haus frühlingsschön zu machen. Sogar das Silber wurde geputzt, der Kupferkessel am Herd, frisches Auslegepapier wurde in die Schränke und Schubladen gegeben, neue Gardinen an den Fenstern aufgezogen, frische Kerzen in die Leuchter gesteckt, Salznapf und Zuckerdose bis zum Rand gefüllt, das schönste Damasttischtuch und die guten Servietten bereitgelegt und der Kiesweg des kleinen Gartens vom Tor bis zur Haustür geharkt. Alles das tat Frau Häusermann allein und mit viel Liebe. Und jedes Jahr, wenn sie damit fertig war, sah sie müde und erschöpft aus, um ein paar Jahre älter, als sie eigentlich war; das Haar hing ihr ein wenig unordentlich in die Stirn, ihre Hände waren rauh und hart von der Arbeit, die Fingernägel eingerissen, aber ihre Augen leuchteten glücklich, und immer wieder durchschritt sie erwartungsvoll erregt das Haus, um noch dies und jenes zu glätten und zu richten.

»Warum tun Sie das, Frau Häusermann?«

»Jedes Pfingstfest kommt meine Schwiegertochter aus Hamburg zu Besuch«, sagte Frau Häusermann glücklich. »Sie soll das Haus liebhaben können und stolz darauf sein.«

So tat es Frau Häusermann in all den Jahren, da ich ihr Nachbar war. Dieses Jahr nun bemerkte ich nichts vom pfingstfestlichen Großreinemachen im Nachbarhaus. Im Gegenteil, Frau Häusermann ließ alles liegen, wie es war. Dafür beschäftigte sie sich mit gleichem, freudigem Eifer mit ihrer eigenen

Person. Sie ließ die Hausschneiderin kommen, sich ein neues Kleid arbeiten und zwei alte ändern, nähte selbst einen kleinen, schmeichelnden weißen Spitzenkragen auf ihr schwarzseidenes Sonntagskleid, sie ließ sich beim Friseur anmelden, kaufte ein Paar neue Schuhe zum Spazierengehen und ein Paar besonders schöner Hausschuhe dazu, ja, sogar einen neuen Hut probierte sie bei der Modistin, denn ihr letzter war schon zehn Jahre alt, und man sah es ihm an. Dazu saß sie die Tage vor Pfingsten oft in der Sonne vorm Haus, feilte sich die Nägel, pflegte mit Creme und Öl die Haut ihres Gesichtes und ihrer Hände, um hübsch und erfreulich jung auszusehen. Von Zeit zu Zeit trat sie vor den Spiegel und betrachtete ihr Aussehen, ob noch dies oder jenes zu glätten und zu richten war.

»Warum dieses Pfingsten dies, Frau Häusermann?«

»Diesmal kommt zu Pfingsten mein achtjähriges Enkelkind aus Hamburg zu mir«, sagte Frau Häusermann glücklich. »Es soll mich liebhaben können und stolz auf seine Großmutter sein.«

Das Weihnachtsgeschenk für Mutter

Vater hatte gerade die zweite Kerze am Adventskranz angezündet, die anderen beiden roten Kerzen standen noch heil und neu mit ihrem weißen Docht zwischen dem dunklen Tannengrün und den roten Bändern des Kranzes, wie sie die Mutter hineingesteckt hatte. Man wartete auf die Kaffeekanne, welche die Mutter in der Küche gerade füllte, man roch es bis hier herein, und auf den zuckerweißen Christstollen, der wie jedes Jahr am zweiten Adventssonntag angeschnitten wurde. Am aufgeregtesten war der kleine Christian, ein rothaariger Junge, der mit seinen neun Jahren das festliche Ereignis nicht mehr erwarten konnte, während sein großer Bruder Rudolf, der seit einem Jahr in der Bank angestellt war, schon wesentlich ruhiger dem Christstollen entgegensah, wenn er auch seine Freude, so männlich er es auch versuchte, nicht ganz verbergen konnte.

»Ich will Mutter helfen«, sagte Anneliese, ein junges Mädchen von neunzehn Jahren, das schon seit zwei Jahren in einem Büro ihr eigenes Geld verdiente.

Der Vater winkte ab. Mit einem Blick zur Tür fragte er leise: »Weiß einer von euch, was sich Mutter zu Weihnachten wünscht?«

Anneliese nickte aufgeregt. »Ich weiß es«, flüsterte sie. »Ich war vorgestern mit Mutter einkaufen, und sie stand lange vor dem Taschengeschäft von Stegemann. Dort liegt eine große schwarze Handtasche im Fenster, ganz aus Leder – weißt du, Vater, so eine Tasche mit vielen Fächern, wie man sie heute trägt, und wo so enorm viel hineingeht – Mutter hat sie ganz sehnsüchtig angeschaut, dann auf ihre alte abgetragene Handtasche geblickt, und als sie weggegangen ist, hat sie aufgeseufzt. Richtig geseufzt!«

In diesem Augenblick betrat die Mutter das Zimmer. In ihren beiden Händen hielt sie die große weiße Kaffeekanne. »Anneliese«, rief sie fröhlich, »bring den Stollen. Er steht in der Küche.«

Drei Tage vor Weihnachten stand der Bankangestellte Rudolf in dem Taschengeschäft von Stegemann. Es war ein kleiner Laden in einer Nebenstraße, keins der Luxusgeschäfte, dessen Fenster mit Krokodiltaschen zu unerschwinglichen Preisen gefüllt sind. Solide Taschen lagen in dem kleinen Schaufenster, einfache Koffer neben der großen schwarzen Handtasche.

»Was kostet die große schwarze Tasche im Fenster?« fragte Rudolf.

Herr Stegemann nahm die gewünschte Tasche herein, fuhr einmal mit einem Tuch darüber, um das Beschlagen zu verhindern, und legte sie auf den Tisch. »Echtes Leder«, sagte er. »Alles mit der Hand verarbeitet. Sehen Sie, auch innen ganz mit Leder gefüttert. Ein Stück, das sich viele Jahre trägt.«

»Und der Preis?«

»Leider ist die Tasche nicht billig! Achtzig Mark.«

»So viel kann ich leider dafür nicht ausgeben«, sagte Rudolf, fast ein wenig erschrocken. »Ich brauche noch eine moderne kleine Abendtasche, wie sie die jungen Damen jetzt tragen. Die große Tasche wäre für meine alte Dame gewesen – sie braucht sie auch, aber so wichtig braucht sie sie auch wieder nicht. Mutter geht ja sowieso selten weg, und dann hat sie ja auch ihre alte Tasche und die Rocktaschen

– ich werde ihr eine hübsche Geldbörse schenken, finden Sie nicht auch?«

Am nächsten Tag kam Anneliese in das Geschäft. Sie erkundigte sich nach dem Preis der schwarzen Tasche. »Achtzig Mark?« wiederholte sie. »Haben Sie nicht eine ähnliche Tasche, auch so groß, aber nicht ganz so teuer? So viel habe ich nämlich für Mutter nicht gerechnet... Außerdem brauche ich noch so eine hübsche rote Brieftasche, wie Sie sie im Fenster haben – ein Monogramm können Sie auch noch hineinmachen? H. R. ...« Sie war etwas rot geworden, als sie die Buchstaben nannte. Dann aber fuhr sie schnell fort: »Wissen Sie, meine Mutter hat sich zwar diese große schwarze Tasche gewünscht, aber sie ahnt sicher nicht, daß sie so teuer ist – was soll sie auch mit einer so großen Tasche anfangen? Sie kommt ja nirgends hin, höchstens einmal mit Vater ins Kino. Auch hat sie nichts hineinzutun, keinen Lippenstift und solche Dinge... Ich schenke Mutter lieber eine nette kleine Geldbörse, die freut sie auch, und für mich bleibt dann noch etwas Geld übrig für diese süße Puderdose hier. Was kostet sie?«

Am Tag vor dem Heiligen Abend betrat der Vater den Laden. »Meine Frau hat sich die große schwarze Handtasche im Fenster gewünscht«, sagte er. »Was kostet sie?«

»Achtzig Mark«, antwortete Herr Stegemann und holte die Tasche herein.

»Achtzig Mark? Ihr seid wohl achtzigmal verrückt?«

»Die Tasche ist echtes Leder!« verteidigte sich Herr Stegemann.

»Und mein Geld ist echtes Geld!« rief der Vater empört. »Ja, was hat sich denn da meine Frau eigentlich gedacht! Man sollte doch annehmen, wenn die Frauen älter werden, werden sie auch vernünftiger! Achtzig Mark!« Er hielt die große schwarze Tasche in seiner Hand und betrachtete sie von allen Seiten. »Wenn ich ihr die Tasche schenke, kann ich mir keine neue Zigarrentasche kaufen! Und die brauche ich. Dringend sogar! Das ist mein Weihnachten!« sagte er und hielt dem Taschner einen Gegenstand hin. »Sehen Sie selbst! Kann ich noch so herumlaufen? Nein. Diesmal tut es eine hübsche kleine Geldbörse, und mir geben Sie eine neue Zigarrentasche, aber etwas Solides, Gediegenes...«

Der Heilige Abend war gekommen. Von den Türmen der Kirchen läuteten die Glocken das fröhliche Fest ein. Dicker Schnee fiel, und Herr Stegemann war gerade damit beschäftigt, die letzten Kunden zu bedienen. Gut hatte sich dieses Jahr das Weihnachtsgeschäft angelassen, er war mit dem Umsatz zufrieden, wenn es meist auch nur billige Taschen waren, die gekauft wurden. Die große schwarze Handtasche, nach der so viele Leute gefragt hatten, um dann vor dem Preis zurückzuschrecken, hatte er nicht mehr ins Fenster zurückgelegt, warum sollte er sich ärgern und die Kunden verstimmen? So war es geschehen, daß die Mutter, als sie spät am Nachmittag vorbeikam und ihre Tasche nicht mehr im Schaufenster sah, mit einem Glücksgefühl und

Herzklopfen zugleich fast erschrocken sich fragte: »Die Kinder werden doch nicht – oder vielleicht der Vater? Vater tat so geheimnisvoll in den letzten Tagen!«

Die Knie zitterten ihr ein wenig, ihre Wangen glühten, aber vielleicht war es nur der Schnee, der ihr ins Gesicht wirbelte. Ein Glücksgefühl erfüllte sie, als sie schnell weiterging, in ihrer Phantasie stellte sie sich immer wieder vor, wie es wohl wäre, wenn heute abend die große schöne Tasche unter dem Weihnachtsbaum läge. Sie blieb mitten im Gehen stehen und mußte sich die Nase putzen.

Die große schwarze Handtasche aber lag noch immer unverkauft im Laden. Herr Stegemann begleitete gerade den letzten Kunden zur Tür und schloß hinter ihm ab, als ein kleiner rothaariger Junge seine Nase gegen die Türscheibe drückte und mit einem Geldstück eifrig klopfte.

Herr Stegemann öffnete ihm lächelnd. »Was willst du denn noch so spät, kleiner Herr?«

»Ist die große schwarze Tasche im Fenster verkauft?« stieß Christian aufgeregt hervor. »Sie ist nicht mehr im Fenster – meine Mutter hat sie sich so gewünscht – sie braucht sie, dringend sogar –«

»Du willst sie ihr schenken?«

»Ja. Und wenn sie fünf Mark kostet! Ich habe das Geld mit. Hier ist es! Erspartes!«

Herr Stegemann betrachtete den Jungen freundlich. »Fünf Mark, das ist viel Geld!«

»Für meine Mutter nicht! Sie sollten einmal meine Mutter sehen!«

»Vielleicht will deine Mutter gar keine so große Tasche, vielleicht freut sie sich auch über eine kleinere oder über eine Geldbörse?«

Der Junge guckte Herrn Stegemann entsetzt an. »Wie können Sie nur so etwas Dummes sagen? Wenn meine Mutter sich doch diese große Tasche wünscht! Eine Geldbörse! So eine Dummheit! Haben Sie eine Ahnung, was meine Mutter immer alles mitzunehmen hat, wenn sie mit uns ausgeht? Ein Taschentuch für mich, weil ich es immer verliere, einen Kamm für meine Schwester, weil sie ihn immer vergißt, den Hausschlüssel, den Wohnungsschlüssel, den zweiten Hausschlüssel für meinen großen Bruder, das Portemonnaie, ihre Handschuhe, die Tabletten für Vater, weil er sie unterwegs braucht, und eine Taschenlampe, weil bei uns im Haus das Licht nicht funktioniert – nein, Mutter braucht dringend die große Tasche.«

»Da hast du aber recht«, sagte Herr Stegemann und strich dem Jungen über den Kopf. Dann ging er zu dem Regal, in dem die teure Tasche lag, betrachtete sie von allen Seiten, öffnete sie, nahm den schmalen Preiszettel heraus und sagte: »Da hast du aber Glück gehabt, mein Junge! Die Tasche ist noch da – hier nimm sie – und lauf, lauf, was du kannst – und ein frohes Weihnachtsfest zu Hause!«

Großvaters List

Die Großväter sind es, die um die Weihnachtszeit die schönsten Spielsachen kaufen. Für die eigenen Kinder genügte noch eine kleine Eisenbahn mit einem runden Schienenkranz und eine Puppe von handlichem Ausmaß, die Enkelkinder werden meist wie Königskinder beschenkt, denn was ein rechter Großvater ist, der greift vor Weihnachten für sein Enkelkind so lange in den Beutel, bis er den Bodensatz der roten Pfennige erreicht.

Ich unterscheide mich in nichts von anderen Großvätern. Wenn ich die Weihnachtsgeschenke zusammenzähle, die ich für das Fest nach Hause getragen habe, so könnte ich leicht drei Enkelkinder damit beschenken, ich habe aber nur eines. Peter heißt der Kleine, vier Jahre ist er alt und mein ganzer Stolz, verzeiht es mir. Die Leute sagen, er sehe mir ähnlich, aber das ist nicht wahr, ich war nie ein so schönes Kind, auch kein so kluges, er wird es einmal viel weiter im Leben bringen als ich. Er ist meiner Tochter Kind, die selbst erst fünfundzwanzig ist. Sie wohnen nur ein paar Straßen entfernt von mir, keine zehn Minuten – was für ein Glück für einen Großvater!

Trotzdem ich gar nicht mehr gut zu Fuß bin, steige ich doch täglich die drei Stock zu ihrer Wohnung hoch, um den Kleinen zu sehen und mit ihm zu spielen. Wir unterhalten uns ganz ernsthaft, man mag es glauben oder nicht, aber mit ihm geht mir der Gesprächsstoff nie aus, ich bin ihm ein besserer Zuhörer, als ich es sonst in der Runde der Erwachsenen zu sein pflege.

»Du darfst zu Weihnachten nicht nur an deinen Enkel denken, Johannes«, sagte meine Frau zu mir, »du mußt auch deiner Tochter und ihrem Mann etwas schenken.«

Ich brummte in meiner Art: »Was ich dem Kind schenke, schenke ich auch der Mutter. Und was meinen Herrn Schwiegersohn betrifft, für ihn habe ich bereits ein Geschenk.«

»Im Ernst, Johannes?«

»Ja. Ihm verzeihe ich zu Weihnachten, daß er mir vor fünf Jahren meine Tochter weggenommen hat.«

Meine Frau, die Klügere, schüttelte den Kopf. »Wir können vor ihnen nicht mit leeren Händen dastehen, es wäre das erste Mal – du mußt ein Weihnachtsgeschenk für deine Tochter und auch für ihren Mann haben, Johannes.«

Ich wehrte mich energisch. »Wieso?« rief ich. »Ich bin doch immer der Geprellte. Kaufe ich meiner Tochter einen schönen Teppich, läuft er darauf herum und hat immer warme Füße – schenke ich ihr ein Kleid oder einen Mantel, wer hat den Vorteil? Er, denn er kann sich mit ihr zeigen und mit der eleganten Frau bewundern lassen. Schenke ich ihr ein Parfüm, wer riecht es? Er und immer wieder er!«

Ich unterscheide mich in nichts von anderen Schwiegervätern. So sind sie alle.

»Du mußt ihnen trotzdem zu Weihnachten eine Freude machen, Johannes.«

»Nun gut, ich werde es mir überlegen.«

Ich ging lange mit mir zu Rate. Drei Tage vor Weihnachten kam mir der gute Gedanke. Ich ging hin und kaufte es. Ein Geschenk für beide. Für meine Tochter und meinen Schwiegersohn zusammen. Daß ich nicht früher auf die Idee gekommen war! Stolz trug ich das Geschenk nach Hause.

»Du strahlst, Johannes?«

»Ich habe für die Kinder ein Weihnachtsgeschenk gekauft.«

»Fein, Johannes! Was ist es?«

»Ein Theaterabonnement.«

»Ein Theaterabonnement?«

»Oper und Schauspiel gemischt. Jede Woche eine Vorstellung. Zwei Plätze in der achten Reihe Parkett.«

Meine Frau bekam schmale Lippen.

Das bekommt sie immer, wenn ich eine Dummheit gemacht habe.

»Johannes! Johannes! Unüberlegt wie immer!«

»Im Gegenteil. Alles genau bedacht und erwogen.«

»Die Kinder können doch gar nicht ins Theater gehen!«

»Warum nicht? Sind sie amusisch?«

Wenn meine Frau es gewagt hätte, hätte sie mir an die Stirn getippt: »Sie haben doch den Kleinen! Sie können ihn doch nicht jede Woche einen ganzen Abend allein in der Wohnung lassen.«

Da strahlte ich glücklich über das ganze Gesicht, legte meinen Arm um meine Frau und sagte: »Deswegen schenke ich ihnen ja das Theaterabonnement. Auf diese Weise müssen sie jede Woche einmal den Kleinen am Abend zu uns herüberbringen, und er wird die ganze Nacht bei uns schlafen – das hast du dir doch immer so gewünscht – da, nimm das Taschentuch und putz dir die Nase...«

So war mein Vater

»Mein Vater«, erzählte Frobenius, »kam eines Abends verärgert nach Hause.

›War etwas?‹ fragte meine Mutter, während sie ihm den Mantel abnahm.

›Nichts von Belang.‹

›Willst du es mir nicht sagen?‹

›Später. Nach dem Abendessen. Wo ist der Junge?‹

›Er sitzt über den Schularbeiten.‹

›Dann ruf ihn! Damit wir essen können.‹

Wir saßen um den Tisch. Mir wollte heute kein Bissen schmecken. Ich wußte, was kommen würde. Immer wieder blickte ich verstohlen nach meinem Vater, der während des ganzen Essens kein Wort sprach. Als das Essen vorüber war und Vater einen Apfel nahm, sagte er zu meiner Mutter: ›Würdest du mich mit dem Jungen ein paar Minuten allein lassen?‹

›Was ist denn, Vater?‹ fragte ich ängstlich.

Meine Mutter warf einen besorgten Blick auf ihre beiden Männer, den großen und den kleinen, ihren Sohn, der viel zu hoch aufgeschossen für sein Alter war, dann stellte sie die leeren Schüsseln und Teller auf ein Tablett und trug sie hinaus. ›Ruft mich, wenn ihr mich braucht‹, sagte sie beim Hinausgehen.

›Ich habe heute einen Brief von deiner Schule bekommen‹, sagte mein Vater ohne Heftigkeit. ›Man schreibt mir, deine Versetzung sei gefährdet. Wußtest du das?‹

Ich nickte mit gesenktem Kopf. Ich hatte den ganzen Tag ängstlich auf diese Minute gewartet.

›Man wirft dir Unaufmerksamkeit und mangelndes Interesse vor‹, fuhr mein Vater fort, ›vor allem in Latein und Mathematik.‹

›Das ist nicht wahr, Vater‹, begehrte ich auf. ›Ich arbeite mehr als die anderen... Nur, ich weiß nicht, was in letzter Zeit mit mir ist... Daheim weiß ich alles, kann es auswendig hersagen, wenn ich aber dann in der Schule gefragt werde oder wenn wir einen Klassenaufsatz schreiben müssen...‹

Mein Vater legte seine Hand auf meinen Arm. ›Sprich ruhiger! Kein Grund zur Aufregung, mein Junge!‹

›Doch, Vater! Wenn ich sitzenbleibe, die Klasse noch einmal machen muß – ich gehe sofort von der Schule ab, lieber in jede Lehre... Nur nicht wieder in die Schule, das ertrüge ich nicht. Am liebsten liefe ich davon!‹

›Das ist wohl der beste Ausweg für einen begabten Jungen‹, sagte mein Vater und sah mich kopfschüttelnd an, ›in die Lehre oder fortlaufen. Was Besseres fällt dir wohl nicht ein?‹

›Ich schaffe es einfach nicht, Vater!‹

›Du schaffst es.‹

›Nein – ich habe Angst, ganz einfach Angst. Wenn ich in Mathematik aufgerufen werde, dann denke ich an die Note, die ich für diese Antwort bekomme, und daß ich sitzenbleiben werde, wenn ich etwas Falsches sage. Dann bekomme ich kein Wort mehr heraus. Der Lehrer denkt dann, ich weiß es nicht und ich habe nicht aufgepaßt und daheim nichts gelernt... Das ist jetzt so seit den Ferien. Seitdem...‹

Die Verzweiflung der Kinder ist die schwerste Prüfung der Väter. Heute weiß ich es, wo ich selbst Kinder habe. Damals verstand ich Vater nicht. Er blieb ganz ruhig sitzen, schälte seinen Apfel weiter und sagte: ›Seitdem – was? Jetzt keine Ausreden!‹

›Vor den letzten Ferien‹, gestand ich, ›du weißt ja, es gibt da immer einen Zwischenbericht nach Hause – ich bin damals noch gerade knapp daran vorbeigekommen, daß man dir schrieb, meine Versetzung sei nicht gesichert.‹

›Das wollte man mir schreiben?‹

›Ja‹, sagte ich. ›Aber so einen Brief durftest du einfach nicht bekommen. Ich weiß doch, wie die Leute dich schätzen, wie sie von dir sprechen, wenn sie die Häuser sehen, die du gebaut hast, du bist für alle ein Vorbild... Und da sollen jetzt irgendwelche dummen Leute sagen können, sein Sohn tauge nichts in der Schule?‹

Und so war mein Vater. Er machte mir keine Vorwürfe, zerriß das Schreiben vor meinen Augen – ›Der Mutter verraten wir erst nichts davon!‹ –, ging zu seinem Schreibtisch, holte tief unten einen vergilbten Brief heraus, reichte ihn mir und sagte: ›Auch ich, mein Junge, bin einmal beinahe bei einer Prüfung durchgefallen – auch ich hätte beinahe einmal ein mir gestecktes Ziel nicht erreicht. Hier – lies!‹

Ich nahm den Brief, den mir mein Vater hinhielt. Es war das Schreiben einer städtischen Behörde, für die mein Vater damals gerade eine neue Schule baute.

›Wir sind mit der bisherigen Weiterführung des Ihnen übertragenen Schulbaues keineswegs einverstanden‹, las ich. ›Was wir bisher gesehen haben, kann keinesfalls unseren Beifall finden. Wir behalten uns vor, den Ihnen unter einer anderen Voraussetzung erteilten Bauauftrag zurückzuziehen, falls Sie nicht –‹

›Siehst du‹, sagte mein Vater, ›das war mein Zwischenbericht. Auch mir drohte man, daß ich meine Prüfung nicht bestehen würde. Aber ich warf die Flinte nicht ins Korn, ich hatte keine Angst wie du – ich dachte mir, wenn ich dieses Haus nicht zu Ende baue, werde ich ein anderes bauen, es gibt genug zu tun auf der Welt. Ich fürchtete also die strengen Leute nicht, wollte mich aber vor ihnen beweisen und ging mit doppeltem Eifer ans Werk. Die Schule wurde von mir zu Ende gebaut. Du gehst heute in diese Schule.‹

Vier Wochen hatte ich damals noch bis zu dieser Abschlußprüfung«, endete Frobenius. »Ich verdanke es dieser Stunde mit meinem Vater, daß ich sie bestanden habe.«

Vater tritt aus dem Rahmen

Über meinem Schreibtisch hängt das Bild meines Vaters. Es ist eine vergrößerte Photographie hinter Glas und Rahmen, keine besonders gute, sondern eine, wie man sie vor Jahr und Tag in der Provinz machte, wenn einer am Sonntagmorgen im Kirchgangsanzug zum Photographen kam und ein Bild von sich wünschte. Ich hatte als Kind nie einen engen Kontakt zu meinem Vater, er war recht einsilbig und verständnislos, wie mir schien, aber ich respektierte ihn, und als er starb, wahrte ich ihm ein dankbares Empfinden. Seitdem hängt sein Bild über meinem Schreibtisch, und je älter ich werde und je mehr meine Kinder heranwachsen, desto mehr kleine Zwiegespräche führen wir miteinander.

Ich kam vor einigen Jahren in eine Situation, in die sehr viele Männer geraten, wenn sie das Alter nahen fühlen oder, besser, in diesem Fall: wenn sie ihre Jugend schwinden sehen. Und just an diesem Punkt, als müßte es so sein, lernte ich ein junges Mädchen kennen, zu dem ich in heißer Leidenschaft entbrannte. Ohne daß sie es wußte, wenn sie mich auch ihre Zuneigung spüren ließ, hatte sie in meiner Phantasie schon einen so großen Raum eingenommen, daß ich nicht gewillt war, auch nur einen Tag ohne sie weiterzuleben, entschlossen, Frau und Kinder zu verlassen, alles hinter mich zu werfen und mit ihr ein neues Leben zu beginnen.

Ich würde hier nicht diese Beichte ablegen, wenn es sich um das Einzelschicksal eines undisziplinierten Menschen handelte. Aber nach altem Herkommen wachsen zahlreichen Männern in diesen Jahren die Eselsohren, und in jedem zweiten Mannesleben kommt einmal der Tag, wo ihm seine Frau nicht mehr alles bedeutet, er nach jungen Mädchen Ausschau hält und – wie könnte es anders sein? – zu einer in heißer Liebe entbrennt.

Ich saß also an meinem Schreibtisch und grübelte darüber nach, wie ich es meiner Frau gestehen sollte, ohne ihr allzu wehe zu tun, was für eine Ausrede ich meinen Kindern gegenüber gebrauchen könnte – mir fiel nichts ein, denn ich hatte eine gute Frau und gute Kinder, aber was hilft es, wenn einen die späte Liebe beutelt und Schindluder mit unserem Verstand treibt? »Du hast noch das Recht auf dein eigenes Leben, bald geht es sowieso zu Ende, und für die Deinen hast du genug getan!« Diesen Satz teilte ich mit vielen Männern in der gleichen Situation, er folgt der Strohfeuerliebe wie der Mai dem April. Trotzdem gab er mir kein gutes Gewissen, sooft ich ihn mir auch wiederholte. Ich saß also in tiefer Unschlüssigkeit, hatte den Kopf in die Hände gestützt und sann nach einem Ausweg.

»Johannes!« hörte ich plötzlich die Stimme meines Vaters. »Mach keine Dummheiten, mein Junge!«

Ich blickte auf das Bild über meinem Schreibtisch, doch es war leer. Vater war aus dem Rahmen gestiegen und stand neben mir. Er sah mich besorgt an, so wie er es früher getan hatte, wenn es an der Zeit war, mit dem Jungen ein ernstes Gespräch zu führen, und fuhr fort: »Als ich so alt war wie du, zwei Jahre vor meinem Tod, war ich in der gleichen Situation. Ich liebte meine Familie über alles. Aber da war plötzlich ein junges Mädchen in mein Leben getreten, ohne die mein Dasein seinen Sinn verloren hatte. Ich glaubte, jetzt erst das wahre Glück gefunden zu haben, und war fest entschlossen, euch alle zu verlassen. Ihr Kinder wart aus dem Gröbsten heraus, für Mutter war gesorgt, ich konnte jetzt nach einem arbeitsreichen Leben einmal an mich denken und ganz meiner neuen Liebe leben. Ich war entschlossen, es an diesem Abend Mutter zu gestehen und ihr Verständnis für meine Situation zu erbitten. Wir Männer glauben ja so fest an die Güte unserer Frauen, daß wir von ihnen sogar das Verständnis für unseren Unverstand erwarten. Ich stand auf, um zu Mutter hinüberzugehen. Da kamst du in mein Zimmer, bliebst ein wenig stehen und sagtest dann: ›Ich bin so stolz, Vater. In meiner Klasse ist einer, Fritz Bertelmann, der hat so großen Kummer mit seinem Vater. Herr Bertelmann hat sich in ein junges Mädchen verliebt, will von daheim weggehen, einfach aus dem Haus gehen, als ob man das könnte. Er hat Angst, daß sein Vater sich lächerlich macht und was aus seiner Mutter werden soll. Am Morgen kam er völlig verstört in die Schule, für ihn ist eine Welt zusammengebrochen. Wir Jungen sind ja so, wir tun immer so, als machten wir uns gar nichts aus unseren Vätern, aber innerlich verehren wir sie wie keinen anderen Menschen auf der Welt. Für meinen Freund Fritz ist jetzt alles vorbei, gestern abend pfiff er einem Mädchen nach, was er bisher nie getan hat... Weißt du, ich verstehe das alles nicht, Vater, aber ich bin so froh, daß du anders bist. Wenn Väter das tun, ist das für uns genau so, als ob wir Söhne von Dieben, Hehlern oder Zuchthäuslern wären...‹ Ja, so sprachst du damals zu mir, an dem kritischen Tag in meinem Leben. Und deswegen bin ich aus dem Rahmen gestiegen, um dir deine eigenen Worte zu wiederholen. Du hast mir damals geholfen, vielleicht kann ich dir heute helfen. Tu's nicht, mein Junge! Tränen, die man dir nachweint, laufen dir nach! Und mich da oben in dem Bild, mein Junge, mich kannst du auch nicht mitnehmen in deine neuen Pläne. Ich habe mich damals für dich photographieren lassen, es wäre sehr einsam für mich da oben, nicht mehr auf dich heruntersehen zu können. Ich weiß, du hast dir nie sehr viel aus mir gemacht, aber ich mache mir viel aus dir, und du würdest mir sehr fehlen. Und wie soll ich den Blicken deiner Frau begegnen, wenn sie mich vorwurfsvoll anschaut, wo du bist?«

Mit diesen Worten stieg Vater wieder in den Rahmen zurück, und ich sitze heute nach Jahren noch unter seinen Augen. Von Zeit zu Zeit nicke ich ihm zu und sage: »Ich werde dir immer ähnlicher, Vater.«

Morgen habe ich mich beim Photographen angemeldet, um ein Photo von mir für meine Kinder machen zu lassen. Ich zahle ihnen sogar den Rahmen und das Glas. Denn wer weiß, ob ich nicht auch einmal aus dem Rahmen steigen muß, um sie vor einer großen Dummheit zu bewahren.

Brüßler Trauben

Man hatte mir, dem Chronisten und städtischen Bibliothekar, eine Dienstwohnung zugewiesen, eine Neubauwohnung von jenem liliputanischen Ausmaß, wie sie heute gang und gäbe sind. Ich weiß nicht, was sich die Menschen denken, die solche Wohnungen bauen: Wohin mit den Kindern, wohin mit den alten Leuten vor allem, unseren Müttern, für die wir verantwortlich sind und zu sorgen haben? Meine Mutter hatte immer bei uns gelebt, siebzig Jahre war sie alt geworden, hatte unsere Kinder mit Umsicht und Liebe großgezogen, so daß wir uns noch jung an Jahren die Welt anschauen konnten... Was sollte jetzt mit meiner Mutter geschehen in unserer winzigen Neubauwohnung? Allein konnten wir sie nicht lassen, bei uns reichte der Platz nicht aus, zumal noch unser jüngster Sohn im Haus war, alle Möglichkeiten, sie sonst im Haus unterzubringen, waren erschöpft, ich mußte mich entschließen, sie in ein Altersheim einzukaufen. Es fiel mir schwer genug, ich verwünschte die Baumeister, die jene Wohnungen bauen, die uns von allem trennen, was wir liebhaben, nicht einmal unsere alten, breiten Sessel konnten wir mitnehmen, nicht den großen, bequemen Schrank. Am schmerzlichsten aber neben diesen an sich belanglosen Dingen traf mich der Abschied von meiner Mutter, mit der ich zwanzig Jahre in ungetrübter Harmonie gelebt hatte, und ich benutzte den ersten freien Sonntag, sie in ihrem Altersheim zu besuchen.

Ich hatte für Mutter Weintrauben gekauft, Brüßler Trauben, die großen, dunkelblauen, die es nur in Delikateßgeschäften gibt, das Pfund für vier Mark. Ich wollte Mutter damit eine Freude machen, denn sie schwärmte ihr ganzes Leben lang von Brüßler Trauben, die sie nur einmal als junge Frau von ihrem Mann bekommen hatte, damals, als ich zur Welt kam. Der Zuschnitt meines Einkommens erlaubte uns den Kauf von Brüßler Trauben nicht, aber heute, sozusagen als Schmerzenspflaster und um ihr zu zeigen, wie lieb ich sie hatte, kaufte ich zwei Pfund jener kostbaren Trauben und ging damit zu ihr.

Das Altersheim lag im Grünen, es war das beste der Stadt, auch hatte man meine Mutter in ein großes, schönes Zimmer gelegt, das sie nur noch mit drei Damen teilen mußte, die auch bettlägrig gleich ihr waren, nicht krank, nur müde von einem langen, arbeitsreichen Leben. Man hatte meine Mutter bereits von meinem Besuch verständigt, das ganze Zimmer wußte es, daß heute ihr Sohn kommen würde, ihr prächtiger Junge, wie sie mich immer allen Leuten gegenüber nannte. Was muß sie ihren Stubengefährtinnen alles über mich erzählt haben, denn als ich ins Zimmer trat, lag auf allen Gesichtern ein Glücksschimmer, als wäre ich jeder Mutter Sohn. Ich ging von Bett zu Bett, nachdem ich meine Mutter umarmt hatte, ich mußte nicht lange um die Freundschaft der alten Damen werben, ich bekam sie geschenkt, ich war glücklich darüber, meine Mutter so gut untergebracht zu wissen, eine schwere Sorge war von mir genommen.

Ich ging wieder zum Bett meiner Mutter, zog einen Stuhl heran und legte das kleine, in weißes Seidenpapier verpackte Präsent auf ihre Decke. »Ich habe dir auch etwas mitgebracht, Mutter.«

»Du hast mir immer etwas mitgebracht, Junge!« sagte sie laut, voll Stolz, daß es alle hörten. »Darf ich es auspacken?«

»Du mußt es sogar selbst auspacken.«

Ich half ihr, die Schnur zu lösen, und dann sah meine Mutter schon die kostbare, dunkle Traube durch das Papier schimmern. »Brüßler Trauben!« stieß sie hervor.

»Du hast sie dir doch immer gewünscht.«

»Brüßler Trauben!« wiederholte sie, und ich sah ihr an, wie aufgeregt sie war. Sie richtete sich im Bett auf, hob die Trauben hoch und rief zu den anderen hinüber: »Habt ihr schon einmal solche Trauben gesehen? Das sind Brüßler Trauben! Echte Brüßler Trauben! Von meinem Sohn! Ich habe sie erst einmal im Leben gegessen. Mein Mann...« Plötzlich fing sie an zu weinen, so nahm sie das alles mit, ich mußte ihr mein Taschentuch reichen, und während ihr noch die Tränen über das geliebte faltige Gesicht liefen, hatte sie eine Schere aus dem Nachttischkästchen genommen und begann, kleine Zweige mit fünf, sechs Beeren von der großen Traube herunterzuschneiden, drei kleine Zweige. »Bring sie ihnen hinüber, mein Junge... Sie sollen kosten, wie sie schmecken und was du deiner alten Mutter mitgebracht hast.«

Ich ging von Bett zu Bett. Als ich wieder zu Mutter

zurückkam, war sie völlig verändert. Sie saß aufrecht im Bett, die Traube in der Hand, und starrte mich ängstlich an. »Was hast du für die Trauben bezahlt?«

»Ach«, sagte ich, »nicht der Rede wert.«

Mutter schüttelte den Kopf. »Ich koste dich hier schon so viel Geld... Ich esse nichts davon, wenn du mir nicht sagst, was sie kosten.«

»Ich habe eine billige Quelle entdeckt, Mutter«, sagte ich, »im Augenblick sind Brüßler Trauben überhaupt billig.«

»Wie billig?«

»Nun – nicht teurer als andere Trauben – das Pfund siebzig Pfennig.«

Da ließ sich Mutter erleichtert auf ihr Kissen zurücksinken und pflückte sich die erste Beere von der Traube.

Die Schwester kam und bat mich, den Besuch für eine Stunde zu unterbrechen, da die Damen ein wenig schlafen müßten. Ich versprach Mutter, nicht wegzugehen, in der Nähe eine Tasse Kaffee zu trinken und dann wiederzukommen. Ich blieb zwei Stunden, und als ich ins Zimmer zurückkehrte, winkte mich Mutter fröhlich und geheimnisvoll an ihr Bett – auch die drei anderen alten Damen waren sichtlich heiter gestimmt, geradezu verjüngt –, drückte mir in einem Papierchen eingewickelt ein wenig Geld in die Hand und sagte:

»Wir haben zusammengelegt, jede von uns hat siebzig Pfennig gegeben – hier sind zwei Mark achtzig – bring uns doch bitte nächsten Sonntag jeder ein

Pfund Brüßler Trauben mit – jetzt, wo sie so billig sind –«

Ich kam noch manchen Sonntag ins Altersheim, jedesmal mit vier Pfund Brüßler Trauben, die ich besorgt hatte, für siebzig Pfennig das Pfund, für das ich vier Mark zahlen mußte. »Wein ist Wein«, sagte ich mir und verzichtete eine lange Zeit auf meine gute, alte Flasche Trabener Gewürzgarten, die ich sonst jeden Samstagabend mit meiner Frau zu trinken pflegte.

Mutter fährt nach Hause

»Warum willst du uns schon wieder verlassen, Mutter? Du wolltest doch vierzehn Tage bleiben? Wir haben für dich ein schönes Zimmer in unserer Wohnung freigemacht, Klaus hat für übermorgen Theaterkarten besorgt, am Sonntag hat dein jüngstes Enkelkind Geburtstag, und du willst morgen schon wieder heimfahren?«

»Sei nicht böse, Margot«, sagte die Mutter, »eine alte Frau wie ich gehört nach Hause, in ihre eigenen vier Wände.«

»Auf dich wartet doch daheim niemand, Mutter! Du kannst doch bleiben, solange du willst. Wir sind noch gar nicht dazu gekommen, dich richtig zu verwöhnen.«

»Doch, Kind, das habt ihr reichlich getan«, sagte die Mutter und streichelte Margots Hand. »Ihr habt mir die Fahrkarte geschickt, erster Klasse noch dazu, ihr Verschwender – ihr habt mich von der Bahn abgeholt, ihr habt mir Blumen ins Zimmer gestellt und eine wunderschöne Schale mit Obst, sogar Weintrauben waren darauf, in dieser Jahreszeit –«

»Du kommst so selten zu uns, Mutter. Bei meinem Bruder Kurt und seiner Frau bist du viel öfter – das Bett ist sowieso überzogen, wie du früher immer gesagt hast, wenn wir einen Gast hatten – vorgestern angekommen und morgen schon wieder wegfahren, das gibt es einfach nicht, Mutter.«

Als ihre Tochter aus dem Zimmer gegangen war, in die Küche, denn eine Hausfrau hat am Vormittag allerlei zu tun – zumal wenn sie ihre Mutter zu Besuch hat, da gibt es zu backen und ein Kompott zu kochen und ein Zimmer mehr aufzuräumen –, blieb die Mutter auf ihrem Stuhl vor dem Nähtisch am Fenster sitzen, nähte einen Knopf an das Nachthemd ihres Enkelkindes, stopfte einen Kinderstrumpf und was sich sonst eine Großmutter für eine Beschäftigung sucht, um sich im fremden Haushalt ein wenig nützlich zu machen. Zwei Jahre hatte sie ihre Tochter Margot nicht besucht, die in Hamburg verheiratet war. Die Reise war ein wenig weit, so war sie zu ihrem Sohn Kurt und ihrer Schwiegertochter Käthe gefahren und über die Feiertage geblieben, meist zwei Wochen, damit sich die teure Fahrt lohnte. Dieses Ostern aber hatte Margot darauf bestanden, daß Mutter unbedingt zu ihnen kommen müsse, sie hatte ihr die Fahrkarte geschickt und geschrieben, wie sehr sie sich alle darauf freuten, Mutter wieder einmal ein paar Tage bei sich zu haben. »Wir lassen Dich so schnell nicht wieder heimfahren, Mutter«, stand in dem Brief, »bleib bei uns, solange es Dir gefällt.«

Wie beglückend ist es, solche Briefe zu erhalten und zu wissen, das Alter besteht nicht nur aus einsamen Tagen, man hat Kinder, denen man willkommen ist, die sich sogar untereinander streiten, wie aus dem Brief hervorging, zu wem Mutter über die Osterfeiertage kommen sollte. Da packt man den Koffer gern und kann die Stunde der Abreise kaum erwarten, da steigt man die drei Treppen zur eigenen Wohnung leicht hinauf und hinunter, wenn es gilt, Geschenke für die Enkelkinder einzukaufen und ein Goldstück von der Bank zu holen, das man dann am ersten Morgen der Tochter unter die Kaffeetasse schieben will, denn die Kinder haben ja auch zu rechnen, und so ein Besuch kostet Geld, ein wenig will man dazu beitragen, das hat sie immer getan, das mit dem Goldstück; Käthe, ihre Schwiegertochter, muß jetzt schon sieben Goldstücke haben, und Margot hat gestern erst das zweite bekommen.

Vielleicht würde sie diesmal auf die vierzehn Tage noch ein paar Tage zugeben, jetzt im Frühling, wo man mit den Enkelkindern spazierengehen kann, sie hat daheim davon geträumt, wenn die ersten warmen Sonnentage kamen, sie hat sich alles in ihrer Vorfreude ausgemalt, wie es werden wird – aber vor einer Stunde, es ist noch nicht einmal eine Stunde her, hat sie den Entschluß gefaßt, morgen wieder heimzufahren. Sie wird schon eine Ausrede finden, die Kinder sollen es nicht merken, was geschehen ist, den wirklichen Grund wird sie nicht sagen, warum soll sie sie kränken und eine Debatte mit vielen Worten und Beteuerungen heraufbeschwören? Da ist es schon besser, man geht still seiner Wege, nach Hause, wo man hingehört, die Kinder sollen getrost hinter ihr den Kopf schütteln und sagen: »Mutter wird langsam ein wenig schwierig.«

Geschrieben hat sie es ja schon, ihre Schwiegertochter Käthe, das stand in dem Brief, den Mutter vor einer Stunde im Nähkästchen gefunden hat, in dem Brief ohne Umschlag, verlegt und vergessen. Sie holt ihn jetzt, als sie allein ist, noch einmal hervor und liest die Stelle zum zweiten Mal, und die Gläser ihrer Stahlbrille laufen nicht einmal an, denn die Tränen fließen bei einer alten Frau langsam, sogar dieser Gnade wird sie nicht mehr teilhaftig.

»Ihr könnt sie auch einmal nehmen, Margot«, steht in dem Brief ihrer Schwiegertochter. »Mutter ist jetzt schon so oft über die Feiertage bei uns gewesen, wir möchten auch gern einmal unsere wenigen freien Tage im Jahr ganz für uns verleben. Mutter ist ja sehr lieb, aber man muß doch eine Menge Rücksichten auf eine so alte Dame nehmen, wir rechnen also diesmal nicht mit Mutters Besuch. Jetzt seid Ihr einmal daran, schreibt Mutter möglichst sofort und ladet sie zu Euch ein, damit sie gar nicht erst auf den Gedanken kommt –«

Jetzt laufen die Gläser der alten Stahlbrille doch an. Die Mutter nimmt ihr Taschentuch, um die Brille zu putzen.

Das Haus abseits vom Dorf

»Wieviel Tage noch?«

»Genau zehn Tage, Mutter.«

»Dein Mann holt dich ab?«

»Freitag früh um sieben. Bis Hamburg ist es weit. Wir wollen den ganzen Tag mit dem Möbelwagen durchfahren.«

Nun war es soweit. Vor diesem Augenblick hatte sich die Mutter gefürchtet. Zu den Beschwernissen des Alters gehören nicht nur ein müdes Herz und die immer von neuem verlegte Stahlbrille, nicht nur die alten Beine, die nicht mehr recht mitmachen wollen, auch nicht allein der kurze Atem und das Schnaufen beim Treppensteigen: Die Vereinsamung des Alters ist das Schlimmste für die Mütter, die zurückbleiben, den alten Herd zu hüten, auf dem keine Kindersuppe mehr kocht.

Vor zehn Jahren hatte ihr Sohn geheiratet und war weit weggezogen in ein anderes Land, wo er eine gute Existenz fand, Enkel waren auf die Welt gekommen, sie hatte sie nie gesehen, vor acht Jahren war ihr Mann gestorben, und vor zwei Jahren hatte Rosemarie, ihre Jüngste, geheiratet. Die Ehe war zum rechten Segen für die Mutter geworden. Der Schwiegersohn, ein früherer Flieger, fuhr den Postomnibus, drei Fahrten am Tag, er hatte diesen Posten übernommen, nicht nur aus der Notwendigkeit des Geldverdienens heraus, sondern um überhaupt eine Arbeit zu haben und nicht müßig zu gehen. So ergab sich das Glück für die Mutter, ihre Tochter nicht hergeben zu müssen. Das junge Ehepaar wohnte im Haus der Mutter, etwas abseits vom Dorf, ohne eigentliche Zufahrt und ohne Telefon, aber wer braucht auf dem Land schon ein Telefon? Es gibt nichts so Wichtiges zu erzählen, das keinen Aufschub duldete, man ist schnell zu Fuß beim Nachbarn, in die Stadt zu telefonieren liegt kein Anlaß vor, außerdem hätte dies jedesmal die Gebühr eines Ferngesprächs gekostet, und man rechnete in diesem Haus mit jeder Mark. Die Mutter hatte eine kleine Rente zu verzehren, und das Gehalt eines Omnibusfahrers reicht auch nicht über die engen Grenzen der täglichen Bedürfnisse hinaus.

Die Mutter war glücklich, ihre Kinder um sich zu haben, und wenn es nach ihr gegangen wäre, hätte Gerhard, ihr Schwiegersohn, bis an sein Lebensende den Postomnibus von Kreuth nach Wangen fahren können. Aber junge Menschen sind ehrgeizig, er sah eine neue Chance, als Verkehrsflieger eingestellt wurden, er schrieb nach Hamburg, und aus den dreihundert Bewerbungen wurde er mit acht anderen ausgewählt. Fünf Monate, die Zeit seines Lehrganges, war Rosemarie bei der Mutter geblieben, dann kam ein Brief, daß Gerhard nun auch die letzte Prüfung hinter sich hatte, seiner festen Anstellung nichts mehr im Weg stehe und er bereits eine kleine Wohnung in Hamburg gemietet habe. Am dreizehnten August werde er seine Frau abholen, um mit ihr die nächsten Jahre in Hamburg zu leben.

»Hamburg ist weit, mein Kind«, sagte die Mutter nur, als Rosemarie ihr glückstrahlend den Brief ihres

Mannes vorlas, »ich werde dich so bald nicht wiedersehen.«

»Wir kommen jeden Sommer, im Urlaub, Mutter.«

»Ein Jahr ist lang für eine alte Frau. Das Schlimmste wird sein, daß ich niemanden mehr habe, zu dem ich reden kann. Und daß ich deine Stimme nicht mehr höre, die vierundzwanzig Jahre von deinem ersten Schrei an um mich war, nicht mehr dein Lachen und deine geliebten dummen Sätze, wenn du mir etwas Nettes sagen wolltest... Trotzdem, ich freue mich für euch, daß alles so schön weitergeht, ich werde mich schon daran gewöhnen, deine Stimme nicht mehr vor dem Einschlafen zu hören.«

Als am Freitagmorgen, früh acht Uhr – es war doch eine Stunde später geworden, als sie geplant hatten –, die Mutter weinend am Gartentor zurückblieb und dem Möbelwagen mit den Sachen ihres Kindes lange nachwinkte, solange sie auch nur das Dach des Wagens erblickte, auch dann noch mit dem Tuch in der Hand winkend in die Ferne sah, als der Möbelwagen mit ihrem Kind längst bei der Kiesgrube um die Ecke verschwunden war, bog plötzlich ein anderer Wagen um die Ecke und kam auf ihr Haus zugefahren, klein, wendig, mit einem gelben Aufbau und dem Zeichen des Telegrafenamtes. Er hielt vor der offenen Gartentür, drei Männer in blauer Arbeitsmontur sprangen heraus, einer von ihnen blickte auf das Haus und die alte Frau und fragte: »Frau Müller?«

»Ja«, sagte die Mutter verwirrt, »Frau Müller, das bin ich.«

»Wir bringen das Telefon.«

»Welches Telefon?«

Der Führer des Bautrupps antwortete: »Ihre Frau Tochter, der wir soeben begegnet sind, hat vor zehn Tagen bei der Post einen Telefonanschluß für Sie bestellt. Das Telefon sollte nicht früher, aber auch keinen Tag später als heute bei Ihnen aufgestellt werden. Soviel ich weiß, will Ihre Tochter Sie heute nacht aus Hamburg anrufen – wir müssen uns also beeilen. Ist es Ihnen recht, wenn wir auf Wunsch Ihrer Tochter das Telefon direkt neben Ihr Bett legen?«

Eine Mutter weint nicht leicht. Sie weint nur, wenn sie allein ist. Aber diesmal konnte sie es nicht verhindern, daß ihr die Tränen hemmungslos über die alten Wangen liefen und ihre Hände nach einem Halt am Tor suchten.

Der letzte Abend im Jahr

»Der letzte Abend im Jahr gehört seit meiner Kindheit zu den schönsten Erinnerungen«, sagte Änne Merz, »denn jedes Jahr kam Großmutter zu uns und feierte mit uns Kindern Silvester. Wir waren vier Geschwister. Mein Vater und meine Mutter waren lebenslustige Leute, sie gingen gern an diesem Abend zu Freunden, auf einen Ball oder wo es sonst fröhlich zuging. Für Mutter war es die erste Gelegenheit, das neue Kleid zu tragen, das ihr das Christkind gebracht hatte, die neuen Schuhe, die neue Handtasche, einen Ring oder eine Brosche – das war schon Tradition. Wir Kinder waren noch klein, ich, die Größte, war acht Jahre alt, die Eltern wollten uns nicht allein lassen und baten jedes Jahr Großmutter, auf uns aufzupassen. Es war für uns immer ein großes Fest. Kaum waren die Eltern zur Tür hinaus – Mama trug Blumen und roch verwirrend süß, Vater ermahnte uns, Großmutter aufs Wort zu folgen, er gab uns einen Gutenachtkuß und versprach uns für jeden Neujahrstag einen Zirkusbesuch, wenn wir heute abend schön brav wären –, zündete die Großmutter die Kerzen am Christbaum an, auch die Wunderkerzen, die goldene Sterne versprühen, dann brach sie einen kleinen Tannenzweig vom Baum und verbrannte ihn über einer Kerze, daß das ganze Zimmer nach Weihnachten roch. Wir knackten Nüsse und Mandeln, aßen Pfefferkuchen, dann zog Großmutter aus ihrer Tasche, die prall mit Überraschungen gefüllt war, eine große Traubenrosine hervor, die Beeren viermal so groß wie die Rosinen in unserem Stollen, eine richtige Traube mit Stengel und Stielen, goldenbraun, in Seidenpapier gewikkelt. So etwas hatten wir vorher noch nie gesehen, sie kaufte sie im teuersten Geschäft der Stadt... So begann unser Silvesterabend. Und dann wurde das Schlachtfest gefeiert. Großmutter hatte ein Marzipanschwein mitgebracht, kein so kleines, wie man es überall in den Schaufenstern sieht und wie sie an einer goldenen Schnur am Christbaum hängen, nein, ein richtiges Schwein, das auf vier Füßen stand, einen Beutel schokoladener Goldstücke auf dem Rücken trug und so dick war, daß wir es mit unseren Kinderhänden nicht umspannen konnten, wenigstens nicht mit den Fingern einer Hand, wir hatten es versucht.

›Jetzt schlachten wir das Schwein!‹ rief Großmutter fröhlich, holte aus ihrer Tasche ein Silbermesser hervor, und wir durften wählen, welches Stück wir bevorzugten, den Kopf oder die Schinken oder den Beutel mit den Goldstücken – doch nein, die goldenen Münzen aus Schokolade wurden erst später verteilt, jeder von uns bekam drei Stück, meine Schwester Käthe steckte einmal, als sie fünf Jahre alt war, zwei Stück davon in ihre Sparbüchse. Großmutter zerlegte also das Marzipanschwein ganz sachgerecht und erzählte uns dabei, wie sie auf dem Weg hierher das Christkind getroffen habe, das gerade in den Himmel zurückfliegen wollte und noch dieses große Marzipanschwein übrig hatte, da das Kind, für das es bestimmt war, recht unartig gewesen war. Also hatte das Christkind es ihm nicht gegeben und daher übrig – und jedes Jahr muß ein Kind schlimm gewesen sein, denn jedes Jahr hatte das Christkind so ein großes Marzipanschwein übrig und wollte es nicht in den Himmel zurücknehmen.

Das ganze Schwein haben wir nie aufgegessen. Jedes von uns trug seinen Teil, den es übrigbehielt, in seinen Schrank und versteckte ihn sorgfältig vor den Geschwistern, man biß es sogar an, damit man gleich sah, wenn ein anderer heimlich ein Stück abgebissen hatte... Dann setzten wir uns alle wieder um den Tisch, sahen auf den Weihnachtsbaum, an dem durch die Wärme der Kerzen die Glocken leise läuteten, und sangen Weihnachtslieder. Manche kannten wir auswendig, manche sang Großmutter allein. Dann löschte sie die Kerzen am Baum, und jetzt kam der zweite Höhepunkt des Abends: Großmutter spielte mit uns. Wir spielten Schwarzer Peter und Blumenquartett, und immer wurde Großmutter der Schwarze Peter, und wir durften ihr mit einem Korken einen schwarzen Punkt auf die Nasenspitze tupfen, auf das Kinn, auf die Stirn.

›Nein, Kinder, daß ich immer der Schwarze Peter sein muß, ihr meint es gar nicht gut mit mir!‹ jammerte sie dann immer und verteilte die Karten von neuem. ›Aber diesmal wird es bestimmt Änne, paßt nur auf!‹

Auch beim Quartett gewann sie nie, immer hatten wir unsere Karten früher abgelegt, und als Verlierer mußte sie uns dann eine Geschichte erzählen, so war es ausgemacht. Großmutter wußte die schönsten Geschichten der Welt, keine von Hexen und Bösewichten, daß man sich fürchten mußte, sondern Geschichten vom Christkind, das sich im Wald verlaufen hatte und dadurch zu einem ganz armen Kind kam, zu dem das Christkind noch nie gekommen war, oder von den Hirten im Morgenland und von den reichen Gaben der Heiligen Drei Könige.

›Haben sie dem Jesuskind auch eine Traubenrosine mitgebracht und ein Marzipanschwein, Großmama?‹ krähte mein kleiner Bruder Michael.

›Natürlich haben sie ihm auch eine Traubenrosine mitgebracht, viel größer und süßer, als ihr euch denken könnt...‹

An diesem Tag durften wir jedes Mal bis Mitternacht aufbleiben. Welch große Sache für ein kleines Kind! Noch einmal wurden die Kerzen am Tannenbaum angezündet, und als die Kirchenglocken vom Turm das neue Jahr einläuteten, standen wir am offenen Fenster, Großmutter hatte ihre Arme um uns gelegt, und sie sprach zum Himmel hinauf: ›Gott hat es bisher gut mit uns gemeint – er beschütze euch!‹ Wir hatten unsere Hände gefaltet und dachten an das Marzipanschwein und die große Traubenrosine und verstanden, warum Großmutter sagte, daß es Gott gut mit uns gemeint habe. Wir waren ja Kinder.

Als die Glocken schwiegen, schloß Großmutter das Fenster, gab uns allen einen Kuß und sagte: ›So, Kinder, jetzt aber rasch ins Bett!‹ Das sagte sie jedes Jahr, und wir wußten genau, daß wir noch nicht ins Bett mußten.

›Noch fünf Minuten, Großmama! Bitte, bitte, nur noch fünf Minuten!‹

Wir wußten, was kam. Großmutter schüttelte jedesmal wie verzweifelt über unsere Unvernunft den Kopf und ergab sich seufzend in ihr Schicksal. ›Also gut, dann kommt in die Küche, ihr Nimmersatte!‹

Das war es, worauf wir warteten. Die Küche war behaglich warm. Auf dem Küchentisch stand ein großer Teller mit knusprig frischen Neujahrskrapfen, ein herrlich duftender Berg von schmalzgebakkenen Krapfen. Großmutter hatte sie in ihrer Tasche für die erste Stunde des neuen Jahrs mitgebracht. Und dann begann sic, für uns einen Punsch zu brauen, einen richtigen Neujahrspunsch, ganz wie die Erwachsenen ihn trinken. Sogar ein Schluck Rotwein kam hinein und ausgepreßte Orangen und Zitronen und Nelken und viel Zucker, wir aßen die frischen Krapfen dazu. Ich habe in meinem Leben später manchen Punsch getrunken, aber keiner hat mir je wieder so gut geschmeckt wie der, den Großmutter uns jedes Jahr bereitete.

Viele Silvesterabende sind seitdem vergangen. In späteren Jahren, vor allem, als ich in die Tanzstunde ging, und erst recht dann, als ich meinen Mann kennengelernt hatte, war der letzte Abend im Jahr stets voll Aufregung und Erwartungen. Es waren Abende mit Herzklopfen und zärtlichen Verwirrungen und manchmal auch einem ganz leichten Anflug von Schwips, in glücklichen Grenzen natürlich, aber mein Mann hatte es gern, wenn ich an diesem Abend mit ihm in fröhlicher Gesellschaft einen Punsch trank. Als dann die Kinder kamen, ließen wir uns den letzten Abend des Jahres nicht nehmen, wir hatten ja auch eine Großmutter, die auf die Kleinen aufpaßte, wir hatten immer so viele Einladungen zu Silvester, daß wir oft nicht wußten, wohin wir zuerst gehen sollten... Aber manchmal, vor allem, als wir ein wenig älter geworden waren, war es doch recht langweilig auf so einem Silvesterball mit seinen programmäßigen ›Überraschungen‹ oder auf einer Neujahrsparty bei unseren Freunden. Ich sprach oft den ganzen Abend kein Wort, und meine Gedanken waren bei den Kindern und auch bei meiner eigenen Kindheit und bei Großmutters Punsch und dem Marzipanschwein, das das Christkind nicht in den Himmel zurücknehmen wollte. Ich beneidete die alte Frau in diesem Jubel und Trubel, von dem ich umgeben war, wenn die Tanzkapelle mit einem Tusch das neue Jahr begrüßte und wir alle aufstanden, die vollen Sektgläser hoben und mit fremden Leuten, die zufällig an den Nebentischen saßen, auf ein glückliches neues Jahr anstießen. Ich bekam mit der Zeit eine gewisse Angst vor diesem letzten Abend im Jahr, man gibt sich lustig und bleibt so unbeteiligt, so gar nicht mehr dazugehörend, mit vierzig Jahren, mit fünfzig. Aber mein Mann ließ es sich nie nehmen, mich jedes Jahr zu Silvester auszuführen, auch noch im letzten Jahr seines Lebens. Er tat es mir zuliebe. Ich sah ihm an, daß auch er sich langweilte, aber er gab sich so viele Mühe, es vor mir zu verbergen, daß ich ihn doppelt liebte, um seiner zärtlichen Geste willen.

Dieses Jahr freue ich mich das erste Mal wieder auf den heutigen Silvesterabend. Vor einer Stunde war meine Tochter bei mir und bat mich, doch heute zu ihnen hinüberzukommen und auf die Kinder aufzupassen. Sie möchte so gern mit ihrem Mann auf einen Ball gehen und die Kinder daheim nicht allein lassen. Ich habe schon ein großes Marzipanschwein gekauft und eine große Traubenrosine, sie ist heute gar nicht so leicht zu bekommen, Traubenrosinen sind aus der Mode. Auch Neujahrskrapfen bäckt nicht jeder Bäcker mehr, aber ich habe einen gefunden, der sie mir ganz frisch ins Haus bringen wird. Und ich werde heute sehr glücklich sein, und es wird ein schöner Silvesterabend für mich werden, viel schöner als damals, als ich noch jung war und tanzte und Champagner trank. Es wird wieder sein wie in meiner Kindheit, eine Großmutter und ihre Enkel, nur, daß *ich* diesmal der Schwarze Peter sein werde und einen schwarzen Tupfen auf die Nasenspitze bekomme…

Ich danke dir, lieber Gott, daß du es so gut mit mir alten Frau meinst.«

Einsames Silvester

Laßt mich heute die sachlichste Silvestergeschichte erzählen, indem ich das Dach eines Hauses aufhebe und hineinschaue, was darin vorgeht. Es ist kurz vor sieben Uhr abends. Soeben ist der Ehemann hereingekommen, voller Empörung, und berichtet aufgebracht seiner Frau von der Untat seiner Freunde, die sich am heutigen Silvesterabend zu einer Kartenpartie verabredet haben, ohne Rücksicht auf ihre daheim allein zurückbleibenden Ehefrauen. Sogar ihn hätten sie dazu aufgefordert, einen langjährigen Ehemann, Vater von zwei erwachsenen Kindern und einem Jungen von zwölf Jahren. Sie hatten ihn gefragt: »Was machst du heute zu Silvester, Heinrich? Komm mit uns, wir spielen einen Schweinskopf aus!«

Als ob die Silvesternacht zum Kartenspiel da sei! Gewiß, er spiele gerne Karten, er spiele auch gut, besser als die anderen, überlegter, der Schweinskopf wäre ihm sicher gewesen, keine Frage! Die Frage ist nur, wie die Männer, alle verheiratet, es über sich bringen, ihre Ehefrauen an diesem Abend allein zu lassen und nur an das eigene Vergnügen zu denken. Zugegeben, zwischen alten Eheleuten ist der Silvesterabend nie eine sehr lustige Sache, alte Erinnerungen werden wach und die Sorge, was das kommende Jahr bringen wird, man wartet die Mitternacht ab, öffnet das Fenster und lauscht den Glocken, die das neue Jahr einläuten – das hat man jedes Jahr so gemacht, neunundzwanzig Jahre, es hat immer sehr lang gedauert, ehe es zwölf Uhr wurde, dann hat man sich gegenseitig zugeprostet – nein, sehr lustig sind die Familiensilvesterabende nicht, Kartenspielen ist da schon vergnüglicher, zumal Willi Hufnagel aus Wien herübergekommen ist, der immer hundert Geschichten zu erzählen weiß und mit von der Kartenpartie ist, auch hat die Wirtin einen Karpfenschmaus vorbereitet – nein, sicher war es recht unterhaltlich, überaus unterhaltlich, aber was sind das für Ehemänner, die ihre Ehefrauen in der Silvesternacht daheim allein lassen? Haben sie denn gar kein Pflichtbewußtsein ihren Frauen gegenüber? Spüren sie nicht, daß sich so etwas einfach nicht gehört?

Ich weiß nicht, was die Frau darauf erwiderte, wörtlich weiß ich es jedenfalls nicht, denn eine Ehefrau sagt ja vieles zwischen den Worten, indem sie vielleicht dem Mann über den Kopf streicht, ihm den Mantel hinausträgt oder ihm die Krawatte zurechtzieht – ihm auch dankt, ja das tut sie, bestimmt, daß er immer auf sie Rücksicht nimmt und bei allem, was er tut, an sie denkt. Er sei überhaupt der beste Ehemann und sie durch ihn die glücklichste Frau. Wenn er aber nun schon die dreihundertvierundsechzig Tage des Jahres auf sie Rücksicht nehme, so komme es doch auf den einen Tag, diesen einen Abend nicht an, wenn sich gerade die Gelegenheit zu einer lustigen Kartenpartie ergebe und er einen Schweinskopf gewinnen könne. »Ich bin heute sowieso sehr müde«, fügt sie hinzu, »ich gehe zeitig schlafen. Mach dir ein paar vergnügte Stunden und geh hin, Heinrich! Du hast sonst nicht viel vom Leben, und Silvester ist nicht jeden Tag –«

»Du meinst das im Ernst?«

»Ich meine es so, wie ich es sage. Wann beginnt es?«

»Um sieben Uhr!«

»Dann ist es allerhöchste Zeit! Beeil dich!« Sie bringt ihm noch den Mantel und Hut herein, und der Ehemann muß sich sehr anstrengen, immer noch so zu tun, als mache es ihm gar keinen Spaß und als wäre er viel lieber daheim geblieben.

Er kann es einfach nicht verhindern, daß seine Augen immer lustiger werden und sich seine Mundwinkel vergnügt nach oben schwingen, ja, daß er plötzlich geradezu jung zu werden beginnt. »Wirklich, Anna?« fragte er anstandshalber noch einmal. »Es macht dir nichts aus?«

»Die Kinder sind sowieso nicht daheim, da gehe ich lieber einmal zeitig zu Bett.«

Und schon ist der Ehemann aus der Tür und nimmt drei Stufen auf einmal...

Die Mutter hört oben im Zimmer die Kinder rumoren. Sie machen sich zum Ausgehen fertig. Ihr Größter, Alfred, ist über Weihnachten auf einen Skiurlaub gefahren und kommt erst nach Neujahr zurück. Anneliese ist zu einer Silvesterfeier eingeladen, und Christoph, ihr Jüngster, zwölf Jahre, muß unbedingt zu Hubers gehen, um dort Silvester mit den Huberbuben zu feiern, da einer ihrer Schulkameraden heute im Fernsehen mitspielt. Das ist doch Ehrensache, daß er sich das ansieht. »Natürlich mußt du dir das ansehen, mein Junge«, hat die Mutter gesagt, »natürlich mußt du zu der Silvesterfeier gehen, Anneliese, dann bin ich eben mit Vater allein, und wir werden an euch denken.«

Zum ersten Mal verbringen alle Kinder ihren Silvesterabend nicht daheim, so sehr lustig ist es daheim auch nicht zugegangen, nur die eigene Familie und die Eltern immer ein wenig ernst so kurz vor dem Wechsel des Jahres, man war richtig erlöst, wenn es endlich zwölf Uhr schlug – das hat nichts mit der Liebe zu ihren Eltern zu tun, es waren großartige Eltern, darüber waren sich die Kinder einig, eine prima Regierung, aber so ein Silvesterabend mit dem Punsch auf dem Tisch und den Weihnachtsbäckereien und hinterher, wenn keiner mehr wollte, frische Pfannkuchen –

»Seid ihr bald fertig, Kinder?« ruft die Mutter hinauf.

»Wir kommen!«

Sie kommen die Treppe heruntergelaufen, Anneliese und Christoph, Mutter zupft noch ein wenig an ihnen herum, wie es alle Mütter tun, und ermahnt ihren Jungen, sich bei Hubers zu bedanken, und Anneliese, nicht viel zu trinken und immer nur am Glas zu nippen, kleine Schlucke, dann bekommt Mutter einen Gutenachtkuß, einen fröhlichen Gutenachtkuß, die Kinder sind bis in die Zehenspitzen voller Ungeduld.

»Wir rufen dich an, Mutter! Genau um Mitternacht!«

»Tut das, Kinder, wenn's euch ausgeht!«

»Bestimmt geht es uns aus! Du bist doch unsere Beste!«

Endlich ist die Rasselbande draußen. Mutter schließt die Tür hinter ihnen, geht in die Küche und läßt sich erst einmal auf einen Stuhl fallen, um ein wenig Ordnung in ihre Gedanken zu bringen. Es ist der erste Silvesterabend, der erste in ihrem Leben, den sie allein in der Wohnung verbringt. Sie muß aufstehen, sich ein Taschentuch aus dem Schlafzimmer zu holen, aber dann braucht sie es gar nicht, wie sie zuerst annahm, sie geht ins Wohnzimmer zurück und setzt sich in den bequemen Sessel, den ihr vor einigen Jahren ihr Mann zu Weihnachten geschenkt und den er ihr dieses Jahr hat neu beziehen lassen. Sie hatten den schönsten Stoff genommen, den sie fanden, »es ist ja nur einmal im Jahr Weihnachten«, hatte Vater dazu gesagt, »man soll beim Stoff nicht sparen, man sieht ihn Jahre«, und er hatte dabei ganz vergessen, daß er es war, der jeden Abend in Mutters bequemem Sessel saß und seine Zeitung las. Das ist wohl mit allen bequemen Sesseln auf der Welt so. Sie muß unwillkürlich lächeln und denkt an ihren Mann und die Kinder. Da sie dabei die Augen schließt, um sich die Gesichter deutlicher vorzustellen, kommt schon das Sandmännchen.

Genau dreißig Minuten vor Zwölf wacht Mutter auf. Sie blickt erschrocken auf die große Uhr, in der noch der Halbstundenschlag nachklingt, dann reibt sie sich schnell den Schlaf aus dem Gesicht und beginnt, hundert Dinge auf einmal zu tun. Sie läuft zum Christbaum und besteckt ihn mit neuen gelben Wachskerzen, ganz hinauf kommt sie nicht, die obersten drei bleiben, dann eilt sie zum Schrank und breitet das große weiße Damasttischtuch über den Tisch, holt die Punschgläser herein und steckt in jedes Glas einen silbernen Löffel, damit sie beim Punscheinfüllen nicht springen, bringt die Teller und legt zu jedem der fünf Gedecke einen Tannenzweig und kleine bunte Marzipanfiguren, fünf Glücksschweinchen, die sie vom Baum nimmt. Sieben Minuten später eilt die Mutter in die Küche, schneidet dicke Scheiben vom Rosinenstollen herunter, füllt die Schüssel mit den goldenen Pfannkuchen, leert drei Rotweinflaschen in den kupfernen Topf, gibt Nelken, Zimt, Orangenschalen und sehr viel Zucker hinein, stellt das Ganze unter Rühren auf den Herd, und als es jetzt aufzuwallen beginnt, füllt sie den köstlich duftenden heißen Trank in die vorgewärmte Punschterrine, holt die Rumflasche aus der Speisekammer, denn zu einem guten Rotweinpunsch gehört auch ein ordentlicher Schuß Rum – da sieht sie zum ersten Mal auf die Uhr. Fünf Minuten fehlen an Zwölf. Die letzten fünf Minuten des alten, gesegneten Jahres haben begonnen.

Die Mutter hat keine Zeit gefunden, in ein anderes Kleid zu schlüpfen. Jetzt ist es zu spät, denn schon hört sie vom Küchenfenster aus Schritte zum Haus laufen, viele Schritte und viele Stimmen, geliebte Stimmen, ihr so vertraut. Sie braucht nicht durch den Vorhang zu blicken, sie weiß ja, es kann nicht anders sein, sie hat es auch nicht anders erwartet. Da schließt es auch von draußen an der Tür, und herein kommen sie alle mit glücklichen, strahlenden Gesichtern, Christoph, der Zwölfjährige, vornweg, hinter ihm Anneliese und hinter Anneliese Alfred, ihr Großer, voll Schnee und mit dicken Fäustlingen, die er kaum von den Händen herunterbringt. Und zur Krönung des Ganzen der Vater, der einen großen Schweinskopf wie im Triumph mit beiden Armen hochhält.

»Alles Gute und Liebe zum neuen Jahr, Mutter!« rufen sie, und die Mutter weiß nicht, wen sie zuerst und länger an ihr Herz drücken soll. Sie hat es ja gefühlt, ganz deutlich, als sie erwacht ist, daß man sie in der letzten Stunde des Jahres nicht allein lassen würde. Ein Mutterherz irrt sich nie. Nur in einem hat sie sich geirrt. Sie muß noch ganz schnell zwei weitere Punschgläser auf den Tisch stellen, denn jedes ihrer beiden großen Kinder hat einen Gast mitgebracht, der hinfort auch zur Familie gehören wird. Aber eine Mutter mit erwachsenen Söhnen und Töchtern ist vor derartigen Überraschungen nie sicher.

Schachteln

Großmutter sammelt Schachteln jeder Art. Wir konnten ihr keine größere Freude machen, als ihr alle Geschenke in kleinen Schachteln zu geben.

»Ach, Kinder, warum denn in Seidenpapier, hätte man es euch nicht in eine Schachtel geben können?«

Auch für Tragtüten hatte Großmutter nichts übrig. Sie kaufte nur dort ein, wo man ihr die Ware in eine Schachtel packte. Als sie jüngst Schuhe für unsere Jüngste kaufte, Kinderschuhe, fragte die Verkäuferin: »Soll ich Ihnen die Schuhe aus der Schachtel nehmen und Ihnen ein kleines handliches Päckchen machen, gnädige Frau?«

Großmutter antwortete empört: »Unterstehen Sie sich! Die Schachtel ist wichtiger als die Schuhe.«

Wenn Großmutter Zeit hatte – aber wann hat eine Großmutter schon Zeit? Da ist ein kleiner ABC-Schütze bei den ersten Schulaufgaben zu überwachen, da muß man am Spielplatz im Stadtpark auf einer Bank sitzen und den Kindeskindern zuschauen, wie sie im Sand spielen, da muß man dem Kleinsten der Kleinen einen Brei kochen oder ein anderes Enkelkind zu Bett bringen, ihm die Hände falten und mit ihm beten – »ach, komm doch am Abend rüber zu uns, Mutter, wir wollen gern ins Theater gehen, möchten aber die Kinder nicht allein lassen, Günter bringt dich dann im Wagen nach Hause.«

Wenn also Großmutter einmal Zeit für sich hat und alle ihre Enkelkinder gesund sind und man sie nicht braucht zum Aufpassen, Knöpfeannähen, Strümpfestopfen, Hosenflicken, Haarebürsten, Zöpfeflechten, Hals- und Ohrenwaschen oder einen neuen Reißverschluß an ein altes Kinderkleid nähen, dann räumt sie den Tisch ab, holt ihre kleinen Schachteln hervor und beginnt sie mit buntem Papier zu überkleben, mit Blumen und Bären, Märchen von Max und Moritz, mit silbernem Papier oder gar mit goldenem. Sie ist mit Freude bei der Arbeit, man sieht es ihr an. Sie weiß, wozu sie die festlich beklebten Schachteln und Schächtelchen braucht: für die Festtage und Geburtstage der Kinder und auch sonst, wenn sie etwas mitbringt. Auch zum Verschicken von Geschenken an die Enkel in einer fernen Stadt braucht man Schachteln, eine große für die Post außen und drinnen kleine, mit einem goldenen Band umschnürt und mit Seidenpapier umwickelt: Es macht ja so große Freude, Geschenke zu verpacken. Wenn Großmutter zu Besuch kommt und die Enkelschar sie jubelnd umdrängt, öffnet sie ihre große Handtasche, und darin liegen dann ihre kleinen Schachteln, und jede trägt ein buntes Kärtchen. »Helga« steht auf dem einen, »Fritz« auf dem anderen, »Christine«, »Bärlein«, »Petra«, »Kurti«

und wie alle ihre Enkel heißen. Es ist nicht viel in den Schachteln, ein paar Abziehbilder oder Papierblumen für das Poesiealbum mit einer Tube Klebstoff zum Einkleben, ein paar Buntstifte, ein großer Radiergummi, ein Paar Kniestrümpfe. Alles hat die Großmutter in ihren kleinen Schachteln verpackt und zugeschnürt, die erwartungsvolle Freude des Auspackens wird damit gesteigert und in die Länge gezogen.

»Hast du eine Schere zum Aufschneiden, Omi?«

»Schön brav aufknüpfen«, sagt dann die Großmutter, »wir können die Schnur dann wieder verwenden...«

Großmutter kann keine Schachtel sehen, ohne sofort zu überlegen, was sie eines Tages hineintun wird. Auch ihre großen Geschenke hat sie immer in Schachteln verpackt. Sogar mir, ihrem Sohn, schenkte sie zu meinem fünfzigsten Geburtstag den Hypothekenbrief, den sie auf mein Haus hatte, in einer Schachtel – sie hatte mir damals Geld geborgt, als ich es baute, und nun gab sie mir den Schuldschein zurück. Aber auch der Schuldschein war, wie gesagt, in einer Schachtel verpackt, und diese Schachtel wieder in einer anderen und dann in noch einer. Als Großmutter hereintrat, dachte ich, sie habe einen Hut für mich als Geschenk, so groß war die Schachtel. Aber der Inhalt war hundert Hüte wert und hundertmal leichter im Gewicht. Mir aber fiel ein großer Stein vom Herzen, und ich konnte zuerst vor Freude kein Wort hervorbringen, wie ich so zwischen den zwölf Schachteln saß, jede einzeln verschnürt und eine in die andere geschachtelt, bis ich in der letzten das Stück Papier fand und Großmutter stumm ansah und dann nach einem Taschentuch lief, ihr die Tränen von der Nase zu tupfen.

Andere Leute werfen die Schachteln weg, wenn sie den Inhalt herausgenommen haben. Großmutter aber sammelt sie. Wenn sie einmal von uns gehen wird und keine großen und kleinen Schachteln mehr braucht, uns darin Freude einzupacken, und sie oben Großvater wiederfindet, bin ich überzeugt, daß sein erstes Wort dieses ist: »Bitte fang hier oben nicht wieder mit deiner Schachtelkrämerei an. Wenn du den Kindern und Enkeln Gutes tun willst, genügt ein segnendes Aufheben deiner Hände...«

Ein Kind geht aus dem Haus

Heute früh, genau um acht Uhr, beginnt der erste Berufstag unserer jüngsten Tochter. Sie hat die Schule hinter sich gebracht, ihre Aufnahmeprüfungen bestanden und arbeitet nun beim Telefonamt der Hauptstadt. Sie ist mit dem Morgenzug in die Stadt gefahren, und mein erster Gedanke ist beim Erwachen: »Nicht ich als Vater entscheide jetzt über ihre Tageseinteilung, es ist der Postdirektor, der über meine Tochter verfügt.« Dieses Erwachen ist sehr schmerzlich für uns, wir spüren es fast körperlich. Wir zünden uns keine Kerze an und danken Gott, daß auch dieser Lebensabschnitt hinter uns liegt, wo unser letztes Kind auf eigenen Füßen steht und wir jetzt getrost die Hände in den Schoß legen können. Wir sind wie ein Baum, dem man einen Ast abgesägt hat. Meine Frau spricht es aus, ich finde den Satz ausgesprochen dumm. Dabei hätte ich ihn beinahe selber gesagt.

Als wir zum Frühstück hinuntergehen, steht der Tisch wie immer gedeckt, wie es unsere Tochter jeden Morgen tat, ehe sie in ihrem hellen blauen Kleid mit der großen Kaffeekanne in der Tür erschien und uns mit einem Kuß guten Morgen wünschte. Der Tisch ist wie sonst gedeckt, nur steht die Kaffeekanne bereits in einer wärmenden Hülle, und an ihr lehnt ein Brief, ein Brief unseres Kindes.

»Liebster Vater! Beste Mutter!« lesen wir. »Wenn ich morgen früh meinen kleinen Koffer nehme, der gepackt neben mir am Bett steht – ich sah wohl, wie Vater mir heimlich einen Notgroschen unter die Wäsche schob, er tat es heimlich, ich sollte es nicht merken, aber er hatte Angst, daß das Geld vielleicht verlorengehe, und ließ darum die Ecken der Banknoten herausschauen –, wenn ich also morgen mit meinem Koffer aus dem Haus gehe, während Ihr noch schlaft, wie wir es ausgemacht haben, um uns den Schmerz des Abschieds zu ersparen, so weiß ich, wie schwer es für Euch ist, allein in diesem Haus zurückzubleiben. Wie voll war dieses Haus einmal! Dort schliefen die Großeltern, in diesen zwei Zimmern lebten wir Kinder, eure Freunde füllten das Haus und später meine Schulfreundinnen, die in den Ferien zu uns kommen durften, es war ein Kommen und ein Gehen, ein Lachen und Singen den ganzen Tag, immer gingen in diesem Haus Menschen aneinander vorbei, die sich gut waren und ein herzliches Wort bei jeder Begegnung hatten – die Großeltern sind gestorben, die Freunde, die in den Notjahren bei uns ihr vorübergehendes Zuhause hatten, sind weitergewandert, meine Geschwister haben geheiratet, weit weg von uns, nur ich als Jüngste blieb bis zuletzt bei Euch. Und heute gehe nun auch ich.

Ich habe eine herrliche Kindheit bei Euch gehabt; wenn es draußen wetterte und schneite, in meinem Elternhaus war es immer warm. Wo Vater und Mutter saßen, war für mich der Mittelpunkt der Welt, da fielen alle Sorgen und Nöte in nichts zusammen, man war geborgen, auch wenn Mutter manchmal das letzte Stück Brot aus dem Schrank nahm und für uns aufschnitt. Bei uns waren immer goldene Zeiten, wenn ich mich heute zurückerinnere – auch im Krieg –, ich habe niemals Hunger gelitten und niemals gefroren, auch wenn Ihr jetzt manchmal davon sprecht, wie hart und armselig es bei Euch damals zugegangen ist, ich weiß nichts mehr davon. Ich weiß nur, daß ich immer dachte: ›Bei uns zu Hause kann nichts passieren, Vater ist ja da, auch wenn die Welt untergeht, unser Haus bleibt stehen‹ – ich weiß nur, daß Ihr alle meine Wünsche erfülltet, sogar ein Fahrrad habe ich bekommen, mitten im Krieg, das ich mir so sehnlich für meinen Schulweg wünschte, ich wußte ja nicht, daß Vater seine goldene Uhr dafür hergegeben hatte – ich weiß auch, daß ich nie

Angst vor Euch haben mußte, auch dann nicht, wenn ich etwas angestellt hatte oder schlechte Zeugnisse heimbrachte. Ich war nie das Kind, das einfach ohne Widerrede gehorchen mußte. Ihr nanntet mir die Dinge, wie Ihr sie saht, und batet mich, sie genau so zu sehen. So bin ich bei Euch in diesem Haus herangewachsen, zum Schulmädchen, zum Backfisch, zur jungen Dame, wie Mutter neulich zu mir sagte. Ich habe nie von Vater eine Kopfnuß oder von Mutter eine Ohrfeige bekommen, verdient hätte ich sie oft. Vater schrie wohl manchmal, daß man glaubte, das Haus stürze ein, aber er war so schrecklich komisch dabei, daß ich lachen mußte. Und das war das Allerschönste meiner Jugend: Vater lachte mit, lachte über sich selbst, und ich hatte ihn nie lieber als in diesen Minuten.

An all das muß ich heute denken, wenn ich aus dem Haus gehe. Aber es ist höchste Zeit, daß ich anfange, selber Geld zu verdienen. Wie oft habe ich Dir, Vater, vom Garten durch das Fenster zugeschaut, wie Du heimlich dein Geld zähltest, daneben auf einem Zettel besorgt mit einem Bleistift rechnetest, nochmals das Geld zähltest und dann das Ganze kopfschüttelnd zusammenschobst. Ich sah es auf Deiner Stirn, daß es uns gar nicht rosig ging. Wenn ich aber dann ins Zimmer trat, sahst Du mich nur an und sagtest: ›Mit diesen Schuhen kannst du nicht mehr gehen, hier sind dreißig Mark, kauf dir neue!‹ Und prompt kam jedesmal Mutters Einwand: ›Ordentliche Schuhe kosten fünfzig Mark, Vater!‹ – ›Ich will doch meine Tochter nicht zur Modepuppe machen!‹ schriest du dann. ›Soll sich das Mädchen endlich selber ihr Geld verdienen, wenn sie so teure Schuhe braucht!‹ Damit warfst Du mir wie blind im Zorn weitere zwanzig Mark auf den Tisch, zwinkertest mir kurz aus den Augenwinkeln liebevoll zu und warfst die Tür hinter dir so knallend ins Schloß, als wärst du im höchsten Zorn weggegangen. Ich habe nie ein Paar Schuhe anders bekommen als mit dieser Szene.

Jetzt will ich mir meine Schuhe selber verdienen, Vater. Ich weiß, Du hättest heute nachmittag am liebsten meinen Koffer wieder ausgepackt, unter deinem Schreibtisch fand ich zwei angefangene Briefe an meinen Postdirektor. In dem einen schriebst Du, er solle freundlich und gerecht zu mir sein, Du bätest ihn darum – hier riß Dein Brief ab, und der zweite begann kurz und bündig: ›Es tut mir leid, Sie können meine Tochter nicht für Ihr Amt bekommen‹, dann aber sahst Du wohl ein, daß es für mich besser ist, ich lasse mir frischen Wind um den Kopf wehen und geselle mich zu meinesgleichen, habe die Sorgen und Freuden, pünktlich mit der Straßenbahn zum Dienst zu kommen und nach getaner Arbeit draußen am Tor einen jungen Kollegen zu finden, der auf mich wartet.

Meine Gedanken werden oft daheim sein, bei Euch, liebster Vater, beste Mutter. Seid nicht traurig, denkt an die Zeit, wo wir Kinder noch nicht auf der Welt waren und Ihr allein miteinander glücklich wart. Nehmt die Pläne wieder auf, die Ihr damals hattet, macht die kleinen Reisen, auf die Ihr so lange wegen der Kinder verzichten mußtet, und schlaft jetzt früh ein wenig länger. Ihr müßt uns ja kein gutes Beispiel mit dem Frühaufstehen mehr geben. Ach, liebste Eltern, ich komme vom Hundertsten ins Tausendste, ich sehe durch mein Fenster, daß Ihr auch nicht schlafen könnt und wieder das Licht in Eurem Schlafzimmer angedreht habt. Morgen früh lege ich den Brief neben Eure Tassen – wenn ich nicht da bin, denkt einfach, ich sei nebenan in der Küche und kann vom Herd nicht weg – am Sonntag in drei Wochen sehe ich Euch wieder, ich besuche Euch, mit Sonntagsrückfahrkarte... vom ersten selbstverdienten Geld...«

Hier endete der Brief. Ich rieb umständlich meine Brille, die etwas angelaufen war, und sagte zu meiner Frau: »Deine Erziehung! Hast du schon einmal einen Brief ohne Unterschrift gesehen?«

Besuch bei den Eltern

Wie freut man sich, wenn die Kinder gesund heranwachsen und groß werden! Wir pflanzen einen Baum, wenn sie geboren werden. Und ehe wir es uns versehen, trägt der Baum Früchte. Erst sind es nur wenige Kirschen, kaum eine Handvoll, die wir vom jungen Baum pflücken. Später nascht schon die ganze Familie, und der Besuch bekommt ein Körbchen roter Früchte mit auf den Heimweg. War es nicht erst gestern, daß wir den Baum pflanzten? Und heute kochen wir schon von diesem Baum die Kirschen ein, viele Gläser, einen ganzen hohen Schrank voll.

An einem dieser Tage traf ein Brief ein. »Liebste Eltern! Kommen Donnerstag auf der Durchreise bei Euch vorbei. Haben vier Stunden Zeit. Erwartet uns zum Abendessen. Auf ein frohes und gesundes Wiedersehen freuen sich Eure dankbare Tochter Caroline und Rainer.«

Als der Vater hereinkam, erwartete ihn Mutter schon in der Tür. »Wir bekommen Besuch, Vater!«

»Besuch? Zu uns alten Leuten?«

»Caroline kommt!«

Die Augen des Vaters leuchteten glücklich auf. »Das Kind kommt?« fragte er froh.

»Ja. Caroline kommt mit ihrem Mann.«

»Ist ihr altes Zimmer hergerichtet, Mutter?«

»Sie sind auf der Durchreise. Sie bleiben nur zum Abendessen.«

Der Vater wiederholte traurig: »Nur zum Abendessen?«

»Freust du dich nicht, Vater?«

»Nur zum Abendessen? Wo ich das Kind so lange nicht gesehen habe?«

Die Mutter zupfte einen weißen Faden vom Rock des Vaters. Vielleicht hing auch gar kein Faden dort. Sie wollte ihm nur nahe sein. »Laß nur, Vater!« sagte sie, und ihre Stimme versuchte fröhlich zu klingen. »Die Kinder wohnen doch so weit von uns – wir wollen glücklich sein, daß es ihnen gutgeht.«

»Hast recht, Mutter. Heute kommt sie ja, die Caroline!«

»Ja. Heute kommt sie.«

Das sonntägliche festliche Meißner Geschirr mit dem blauen Zwiebelmuster stand auf dem Tisch. Die silbernen Gabeln und Messer, die das ganze Jahr im roten Velours im Schrank schliefen, lagen auf der weißen Damasttischdecke, die – viel zu groß für den im Alter so klein gewordenen Tisch – fast bis zum Boden hinabhing. In der Küche stand die Mutter am Herd und gab verschwenderisch noch ein Stück Butter zum Braten in die Pfanne. Als sie zum Fenster hinaus in den Garten blickte, sah sie ihren Mann zwischen den Rosen stehen. Er schnitt Knospe um Knospe, bis die Sträucher ganz blütenlos dastanden. Wie alte Leute blieben die Rosenstöcke zurück, deren Kinder in die Welt gezogen waren und die nun mit leeren Händen, im Schoß gefaltet, dasaßen. Der Vater trug die Rosen ins Zimmer, füllte die Vasen damit, die schönsten aber legte er auf den Platz, wo sein Kind sitzen würde, heute noch, in wenigen Minuten. Und seine Hand blieb lange auf der Stuhllehne liegen, just an der Stelle, wo sich einst der blonde Zopf der Neunjährigen immer an seinen Handrücken geschmiegt hatte.

Da läutete das Telefon. Der Vater eilte in das Zimmer, wo der Apparat stand.

Aber seine Frau war ihm schon zuvorgekommen. »Ja«, rief sie aufgeregt. »Hier bei Krämers...« Dann war sie eine Weile still, lauschte erwartungsvoll. »Die Kinder!« flüsterte sie ihrem Mann zu und plötzlich, mit sehr froher Stimme: »Caroline! Kind! Wir sind ja so glücklich, daß ihr da seid und zu uns kommt! Wann seid ihr hier? – Wie? Ich verstehe so schlecht. – Wie? Ihr kommt nicht? Nein? Wen hast du getroffen? – Ach, deine Schulfreundin Barbara war am Bahnhof und hat euch zum Essen eingeladen, und ihr habt euch so lange nicht gesehen? – Ja, natürlich, Kind, das sehe ich ein – nein, nein, wir sind bestimmt nicht böse – Vater steht neben mir und läßt herzlich grüßen – ja, Kind, unterhaltet euch gut und bleibt gesund! Caroline? Caroline?«

Aber Caroline hörte nicht mehr. Sie hatte aufgelegt. Da legte auch die Mutter langsam den Hörer hin, ihre Bewegungen waren wie gelähmt, und sie traute sich nicht aufzusehen zu ihrem Mann.

»Wein doch nicht, Mutter!«

»Du weinst ja auch, Vater!«

»Ja. Aber ich bin doch ein Mann...«

Bitte keinen Kaffee!

Die kleinen Einkäufe sind beendet. Wurst, Butter, Käse, Brot, ein wenig Obst und was man sonst noch über den Sonntag braucht, für eine Person braucht, für einen alten einsamen Menschen, liegen wohlverwahrt im Netz.

»Vielleicht auch ein wenig Bohnenkaffee?« fragt die Verkäuferin.

»Nein, danke.«

»Es ist eine neue Sorte. Sehr preiswert.«

»Nein«, sagt Frau Freytag. Sie sagt es unwillig, beinahe hart.

Am Nachmittag ist Frau Freytag bei ihrer Nachbarin eingeladen. Der Tisch ist für den Besuch festlich gedeckt. Da stehen Blumen in einer schönen Vase, das gute Geschirr ist aufgelegt, die silbernen Kuchengabeln, bei jeder Tasse liegt ein kleiner Veilchenstrauß. Das hat Frau Nietsche, die Nachbarin, von ihrer Mutter übernommen, jedem Gast einen kleinen Strauß auf seinen Platz zu legen. Veilchen im Frühling, eine Rose im Sommer und im Herbst bei der zweiten Blüte wieder ein Veilchenstrauß. Es ist eine schöne Geste für die Gäste, sie fühlen sich willkommen.

»Tee oder Kaffee?« fragt Frau Nietsche.

»Bitte Tee, wenn es keine Umstände macht.«

»Es ist beides da. Sie trinken keinen Kaffee?«

»Nein«, sagt Frau Freytag.

»Bekommt er Ihnen nicht?«

»Nicht mehr. Seit einem Jahr.«

»Das Herz?«

»Nein.«

»Die Galle? Der Magen?«

»Nein.«

»Was dann?«

»Die Seele«, sagt Frau Freytag. »Ich habe mein Leben lang gern Kaffee getrunken«, erzählt sie später, »ich war eine richtige Kaffeetante, wie man so sagt. Sogar am Abend vor dem Schlafengehen habe ich mir oft noch einen Kaffee hingesetzt. Vor allem in der Zeit, als mein Mann gerade gestorben war, und später habe ich geradezu nur von Kaffee gelebt, als mein Junge, mein einziger, der bei mir gelebt hatte, heiratete und in eine fremde Stadt zog. Da schmeckte mir kein Bissen, verständlicherweise, ich war das Alleinsein nicht gewohnt, aber Kaffee, den konnte ich trinken, das war ein Trost.«

»Wann haben Sie damit aufgehört?«

»Genau vor einem Jahr. Er schmeckte mir plötzlich nicht mehr. Die letzten zwei Pfund, die ich geschenkt bekam, stehen heute noch unangerührt in meiner Küche, ganz hinten im Schrank, damit ich sie nicht sehe. Allein schon der Geruch von gerösteten Kaffeebohnen wird mir immer unerträglicher. Das ist ganz plötzlich gekommen. Sie wissen, ich habe einen Jungen. Er wohnt weit weg von hier, hat schon selber Kinder, ich habe sie noch nie gesehen. Die Reise ist so weit und so teuer. In den ersten Jahren, an jedem Muttertag, kam mein Sohn zu mir. Auch für ihn war die Reise teuer, aber das war ein Geschenk an mich, daß er kam. Er brachte mir jedesmal zwei Pfund Kaffee als Geschenk mit. Seit drei Jahren kommt er nicht mehr. Sein Geschäft wächst ihm über den Kopf, er verdient gut, es ist ein gewisser Wohlstand bei ihm eingekehrt, aber jetzt hat er keine Zeit für die Reise mehr. Ich sehe es ja ein, aber damals, vor drei Jahren, als ich am Muttertag allein in meiner Wohnung war – er hatte einen kurzen Brief geschrieben, ein paar Blumen geschickt und zwei Pfund Kaffee –, da hoffte ich auf das nächste Jahr. Aber auch im nächsten Jahr war er nicht bei mir. Es war ihm wieder etwas dazwischengekommen. Es kamen nur Blumen, ein kurzer Brief und eine Dose Kaffee. Ich stellte die Blumen in eine Vase und davor die große Dose Kaffee und dachte an meinen Jungen. Und plötzlich konnte ich den Geruch von Kaffee nicht mehr ausstehen. Das hing mit meinem Jungen zusammen, der nicht bei mir war, mit den Blumen, mit dem kurzen Brief, mit dem Nichtkommen. Das Verlassensein, die Sehnsucht nach meinem Einzigen und der Geruch von Kaffee, das war für mich ein Begriff geworden. Mein Junge muß es gespürt haben. Morgen ist Muttertag, da wird keine Post ausgetragen, und heute ist zum ersten Mal kein Kaffee von ihm gekommen. Er muß es gespürt haben...«

In dieser Minute läutete das Telefon.

Frau Nietsche nahm den Hörer auf und sagte dann: »Für Sie, Frau Nachbarin.«

»Für mich? Von auswärts?« Ihr Gesicht wurde jung und glücklich. »Von auswärts?« wiederholte sie.

»Nein. Nicht von auswärts.«

»Ja, wer soll mich alte Frau denn anrufen?« fragte Frau Freytag enttäuscht, nahm den Hörer auf und sagte: »Ja? Hier Frau Freytag. Wer dort?« Dann sagte sie eine Weile nichts, und als sie den Hörer hingelegt und sich stumm zum Tisch zurückgesetzt hatte, saß sie wie verwandelt und rief ganz plötzlich, Tränen und Lachen in ihrer Stimme: »Was soll mir der alberne Tee, Frau Nachbarin? Ich möchte eine Tasse Kaffee, einen starken! Mein Junge ist angekommen und hat mich soeben vom Bahnhof aus angerufen.«

Etwas Besseres

In Meran lernte ich Herrn Wegemann kennen. Herr Wegemann hatte im Hotel Bristol für sich und seine Mutter die beiden schönsten Zimmer mit der großen Liegeterrasse genommen. Und da in der Vorsaison nur wenige Gäste im Hotel waren, hatte ich mich bald mit ihm angefreundet, eigentlich mehr noch mit seiner Mutter, einer zarten, weißhaarigen Dame, die jeden Abend adrett gekleidet im Speisesaal erschien, links von ihrem Sohn geführt und die rechte Hand auf einen Ebenholzstock gestützt.

Mochten auch die hohen Jahre der Beweglichkeit ihres Körpers Einhalt geboten haben, geistig war sie von einer solch liebenswerten Lebendigkeit, daß ich gern mit ihr nach dem Abendessen in dem kleinen Lesezimmer saß und mit ihr plauderte. Und wie nun schon eine Mutter ist, die das Glück hat, mit ihrem Sohn zu leben, der Junggeselle geblieben ist, so endete jedes Gespräch, wo immer es auch begann, mit Lobsprüchen auf ihren Sohn. »Er hat in Heidelberg sechs Semester Medizin studiert...«, sagte sie mir am ersten Abend.

»Und heute habe ich eine Großtankstelle in München«, antwortete mir Herr Wegemann, als ich ihm von dem Gespräch mit seiner Mutter erzählte. »Ich habe Glück im Leben gehabt. Es geht mir gut. Aber eigentlich verdanke ich meiner Mutter, was aus mir geworden ist.«

»Sie mußten Ihr Studium aufgeben?« fragte ich.

»Ich mußte es nicht. Ich tat es freiwillig«, erklärte Herr Wegemann. »Das ist eine kurze Geschichte. Ich erzähle sie gern, weil sie vielleicht manchen auf den Weg bringt, die Dinge richtiger zu sehen, als man sie meist mit dem Vorurteil ›Mein Kind muß etwas Besseres werden‹ betrachtet. Auch ich gehörte zu jenen jungen Leuten, die etwas Besseres werden sollten. Mein Vater war Kaufmann. Sein Junge sollte natürlich studieren. Aber Vater starb früh, Mutter verstand nichts vom Geschäft, und ein Jahr später mußte sie das Geschäft verkaufen.

Ich hörte wohl von dem Verkauf, während ich in Heidelberg studierte, wußte aber nicht, daß Mutter nur eine winzige Summe übriggeblieben war, die kaum zum Leben reichte. Ich hatte mich nie um die wirtschaftlichen Verhältnisse daheim gekümmert. Es war für mich selbstverständlich, daß ich studierte und einer farbentragenden Verbindung beitrat. Mein Wechsel traf auch nach dem Tod meines Vaters jeden Monat pünktlich ein. Mutter schrieb mir wohl einmal, daß Vater keine Lebensversicherung abgeschlossen habe und daß sie deswegen das Geschäft habe verkaufen müssen. Aber ich solle mich nicht sorgen. Und ich machte mir auch so lange keine Gedanken, bis eines Tages ein Brief aus meiner Heimatstadt eintraf, daß es der Mutter nicht gut gehe. Mehr stand nicht in dem Brief. Ich stand gerade mitten im Examen; dadurch verzögerte sich mein Kommen ein wenig, und als ich dann an einem Samstagmorgen in München eintraf, war Mutter nicht zu Hause. ›Sie werden Ihre Mutter um diese Stunde bei der Bremer Lebensversicherung finden‹, sagte mir eine Nachbarin.

Ich vernahm diese Auskunft mit einer gewissen Erleichterung. Also hatte mein Vater wahrscheinlich doch noch ohne Mutters Wissen eine Lebensversicherung abgeschlossen. Und Mutter war nun sicherlich dort, um über ihr Geld zu verfügen. Ich eilte die Ludwigstraße hinunter und betrat das langgestreckte Gebäude, das der Versicherung gehörte. Das Treppenhaus war überflutet von eilenden Menschen, die mit Akten unter dem Arm treppauf und treppab liefen. Das Haus glich einem emsigen Bienenschwarm, und zugleich waren die Putzfrauen am Werk, Gänge und Treppen zu säubern. Tief gebückt knieten sie auf dem harten Stein und schleppten schwere Putzkübel neben sich her.

Ich erkundigte mich, wo ich meine Mutter wohl am besten finden könne. Man wies mich in dieses und in jenes Zimmer, aber nirgends fand ich sie, noch kannte man unseren Namen. Nun, in eine Versicherung kommen jeden Tag so viele Menschen, daß man sich an den einzelnen nicht mehr erinnern kann. Ich gab es auf, nach Mutter zu fragen. Wahrscheinlich hatte sie hier alles zu ihrer Zufriedenheit geregelt und war längst daheim. Ich beeilte mich, das Gebäude zu verlassen. Ich lief schnell die Treppen hinunter. In dieser Minute hatte eine der Putzfrauen die Seite gewechselt und zog ihren vollen Putzeimer zu sich herüber; ich stieß unachtsam daran, und der Kübel ergoß eine weiße Seifenlauge über die Treppen. Ich wußte in der ersten Verwirrung nicht recht, sollte ich ich mich entschuldigen oder über die Unachtsamkeit der alten Frau aufbegehren, da rief ich unwillkürlich: ›Mutter!‹

Die alte Frau, noch immer auf den Steinen kniend, die harte Bürste in der Hand, mit schmerzendem Rücken, das Gesicht erschrocken nach oben gerichtet, ein Kopftuch über ihrem grauen Haar... ›Mutter!‹ sagte ich und immer wieder, fassungslos, es nicht für wahr haltend, bestürzt: ›Mutter! Liebe Mutter!‹

Es war selbstverständlich, daß ich mein Studium sofort aufgab und mir eine Arbeit suchte, um meine Mutter zu unterstützen. ›Ich wollte, du hättest es nie erfahren‹, sagte sie am Abend dieses Tages. ›Es war doch Vaters Wunsch, daß du etwas Besseres werden, studieren solltest... Ich hätte es die vier Jahre noch bestimmt geschafft, auch dafür gesorgt, daß du es nie erfährst – ich hätte das Geld für dein Studium schon verdient...‹

Ich trat am nächsten Morgen in eine Werkstatt ein, als Schlosser zunächst und später als Automechaniker. Die harte Arbeit fiel mir nicht leicht, und meine Arbeitskollegen machten es dem Neuen nicht leichter. Aber ich dachte an Mutter, was sie für mich getan hatte und wie man ihr wahrscheinlich in jenen Wochen begegnet war, als sie noch ungeschickt mit Eimer und Bürste hantierte. Ich kam vorwärts. Den bösen Jahren folgten die guten. Heute habe ich eine Großtankstelle in München und meine eigene Reparaturwerkstatt.«

Kameradschaft der Mütter

In dem großen Sportgeschäft neben dem Rathaus stand kurz vor Ostern eine Mutter mit ihrem Jungen. Es war die Witwe des bekannten Wissenschaftlers Professor Theodor Wenk, einer Kapazität in seinem Fach, dem wirtschaftliche Vorteile aus seiner Arbeit versagt geblieben waren.

Christoph, ihr Sohn, sollte in ein Internat kommen. Es war der Wunsch seines früh verstorbenen Vaters gewesen, Freunde des Professors hatten dem Zwölfjährigen eine der wenigen Freistellen verschafft. Ein Wermutstropfen fiel aber in die Freude der Aufnahme: die Sorge um die Ausstattung.

Der korrekt gekleidete Verkäufer sah ungeduldig auf die Kundschaft, die sich schwer entschließen konnte. Die Mutter fragte bei allem nach dem Preis und wählte dann das Billigste. Suchend blickte er sich um: War denn kein Lehrling in der Nähe, dem er diese zeitraubende Kundin zuschieben konnte? Er hatte Glück. Denn in diesem Augenblick betrat Frau Brigitte das Geschäft, eine bekannte Filmschauspielerin, die jedes Jahr hierher kam, ihre beiden Buben für die Schule neu auszustatten. Selbstverständlich wählte die extravagante Frau das Beste und fragte nicht nach dem Preis. Der Verkäufer ließ mit einer flüchtigen Entschuldigung Frau Wenk stehen und begrüßte die neue Kundschaft. Er holte die schönsten Stücke aus den Regalen, zugleich bot er ihr einen Stuhl an, eine Höflichkeit, die ihm vorher nicht eingefallen war.

Aufgeregt zupfte Christoph seine Mutter am Ärmel: »Laß dir das nicht gefallen, Mutter! Wir waren doch vorher da!«

Frau Wenk strich dem Buben beschwichtigend über den Kopf. »Warum denn, mein Junge?« sagte sie leise. »Schau, jetzt haben wir viel mehr Zeit, uns alles in Ruhe auszusuchen.«

Christoph hatte fast Tränen der Wut in den Augen, so empörend fand er es, wie man seine Mutter behandelte.

»Das ist das Eleganteste und Neueste für Ihre Söhne, gnädige Frau«, sagte im gleichen Augenblick der Verkäufer und zeigte Frau Brigitte einen Anorak aus Nylon, beiderseits zu tragen, soeben importiert.

Die Schauspielerin griff entzückt nach dieser modischen Neuheit, dabei fiel ihre Handtasche zu Boden. Christoph bückte sich schnell und hob sie auf. »Danke, mein Freund!« sagte sie lächelnd und erschrak über den Blick in den Augen des Knaben, es lag darin Haß und Verbitterung.

Der Knabe wandte sich brüsk von ihr ab und seiner Mutter zu, die noch immer unschlüssig ein Stück nach dem anderen in die Hand nahm, graue Turnschuhe, dünne, viel zu kurze Strümpfe, eine einfache schwarze Schwimmhose, Segeltuchhandschuhe. Die Schauspielerin erinnerte sich plötzlich, daß die beiden schon dagestanden hatten, als sie gekommen war. Ein schneller Blick auf die ausgewählten, armseligen Dinge, und sie begann den Zusammenhang zu verstehen und das Verhalten des

Jungen zu begreifen, der offensichtlich über die seiner Mutter widerfahrene Zurücksetzung gekränkt war. »Bedienen Sie diese Herrschaften zuerst fertig«, sagte sie darum zu dem Verkäufer. »Ich habe Zeit – ich kann warten –«

Der Verkäufer winkte mit dem Kopf einen Lehrling herbei und deutete ihm an, drüben weiter zu bedienen. »In den einfachen Qualitäten kennt sich auch der Lehrling aus«, sagte er, und es lag eine unangenehme Vertraulichkeit in seiner Stimme. »Wenn ich jetzt der gnädigen Frau etwas in unseren neuen Skihosen vorlegen darf, reinwollene englische Gabardine –« Er blieb mitten im Satz stecken. Die Schauspielerin hatte sich erhoben und war, ohne ein Wort zu sagen, gegangen. Er sah ihr verblüfft nach und wußte sich keinen Reim auf das Verhalten der so bevorzugt bedienten Kundin zu machen.

Frau Wenk hatte inzwischen ihren Einkauf beendet. Sie wollte sich gerade zur Kasse wenden, als ein Herr schnell auf sie zukam. Es war der Chef des Sporthauses. »Haben Sie alles nach Wunsch bekommen, gnädige Frau?« fragte er höflich und wandte sich gleichzeitig fast ein wenig ärgerlich zu der ihm auf dem Fuß folgenden Schauspielerin zurück. »Es hat wirklich keinen Zweck, gnädige Frau, wenn wir über die Sache noch ein Wort verlieren. Ich gebe zu, Sie sind eine gute, wenn auch anspruchsvolle Kundin, aber wir geben prinzipiell keinen Kredit.« Er ließ die Schauspielerin ziemlich unhöflich stehen, als lege er keinen Wert auf ihre Kundschaft, und wandte sich mit doppelter Liebenswürdigkeit wieder Frau Wenk zu. »Wie ich sehe, alles für den jungen Herrn – eine ganze Ausstattung –«

»Er kommt nach Ostern in ein Institut«, sagte die Mutter, »wir haben eine Freistelle bekommen. Mein Junge hat die Prüfung gut bestanden.«

»Gratuliere! Es war sicher nicht leicht. Ja, da kommt jetzt viel auf Sie zu, gnädige Frau, so ein Junge kostet Geld – darf ich mich ein wenig um Sie kümmern? Sie sehen nicht so aus, als ob Sie von den rauhen Sportarten, denen Ihr Herr Sohn sicher obliegt, eine große Meinung hätten. Wollen Sie bitte Platz nehmen?« Er schob Frau Wenk den Fauteuil zu, in dem noch vor kurzem die berühmte Filmschauspielerin gesessen hatte, und führte den Jungen zu den Regalen. »Zu deinem hellen Haar müßte ja dieser blaue Pullover prachtvoll aussehen. Dazu der passende Schottenstrumpf – schau her! Meine beiden Jungen tragen die gleichen...« Er legte die Ware auf den Tisch, statt des dunkelblauen Trainingsanzuges brachte er einen neuen Anzug aus kaffeebraunem Wollflausch. »Zweimal blau brauchst du nicht, mein Junge, der hier ist auch nicht teurer und viel wärmer. Auch die Skischuhe sind viel zu leicht für einen so kräftigen Jungen wie dich, ich habe da noch ein Paar schwere Abfahrtsstiefel, aus einem Stück und ohne Naht, mit Schaumgummi gepolstert, ein besonders preiswertes Einzelpaar... Passen sie dir? – Die Rechnung ist deswegen nicht eine Mark teurer, gnädige Frau«, wandte er sich an Frau Wenk. »Wenn Sie mir Ihre Adresse geben wollen, damit wir Ihnen laufend unsere Kataloge senden können?«

Christoph stand selig da, fest an sich gepreßt hielt er die so schwer aussehenden, aber federleichten Schuhe. Er hörte, wie der Chef des Sporthauses zu seiner Mutter sagte: »Aber nein! Dann sind Sie doch die Gattin des bekannten Professors Wenk? Ich habe manches Buch Ihres Gatten gelesen, gnädige Frau. Jetzt freue ich mich doppelt. Es war mir eine besondere Ehre, seinem Sohn heute etwas aussuchen zu dürfen.«

Als Christoph und seine Mutter das Geschäft verlassen hatten, der Zwölfjährige stolz auf seine Mutter, die jetzt richtig ein Stück gewachsen schien, trat der Chef auf die Filmschauspielerin zu, die ihn lächelnd in seinem Büro erwartet hatte. »Ich danke Ihnen, gnädige Frau, daß Sie mich geholt haben«, sagte er, »denn nichts Schlimmeres gibt es für einen Jungen in diesem Alter, als die Mutter geringgeachtet zu sehen. Das hängt einem fürs Leben an. Ich danke Ihnen also für den Rat, und was die Kosten für die teureren Stücke betrifft...«

»...so ist das selbstverständlich meine Sache, wie wir vorher vereinbarten«, sagte die Schauspielerin.

Der Chef schüttelte den Kopf. »Lassen Sie es meine Sache bleiben. Ich hatte dafür die große Freude zu erleben, daß es nicht nur eine Kameradschaft der Männer, eine Kameradschaft der Landstraße gibt, sondern auch eine Kameradschaft der Mütter.« Er beugte sich über ihre Hand. Es war ein Handkuß, der allen Müttern galt.

Leben ohne Mutter?

Am Anfang, als sie heirateten, war es ganz einfach gewesen. Die Mutter hatte gesagt: »Macht euch keine Sorgen wegen einer Wohnung, Kinder, zieht einfach zu mir. Ich brauche nur ein Zimmer, und ihr habt die ganze Wohnung für euch. Da ihr beide im Beruf steht, wird es ganz gut sein, wenn die alte Mutter sich ein wenig um den Haushalt kümmert.«

Dann war es so geblieben, die ersten Jahre. Die Mutter kochte für sie, die Mutter wusch die kleine Wäsche, und als sie sich ihren ersten Wagen kauften, war für die Mutter stets ein Platz darin. Sie hätten sich ihr Leben ohne die Mutter gar nicht vorstellen können.

Mit der Zeit wächst das Einkommen, und damit wachsen die Ansprüche. Die alte Wohnung wurde dem jungen Volk zu eng und die Kochkunst der Mutter zu wenig abwechslungsreich. Dazu kam, daß der alten Frau, auch wenn sie sich nichts anmerken ließ, die Arbeit immer langsamer von der Hand und manchmal schon über ihre Kräfte ging.

Da besprachen sich die jungen Eheleute, die jetzt schon sechs Jahre verheiratet waren und gut zu verdienen begannen, und als sie eines Abends mit der Mutter um den Tisch saßen, sagte Kurt: »Mutter, wir haben die Aussicht auf eine eigene Wohnung.«

Die Mutter schien es zuerst gar nicht zu hören, vielleicht wollte sie es auch nicht hören, sie sagte: »Ich habe zum Sonntag ein schönes Huhn eingekauft. Wollt ihr es mit Nudeln oder mit Reis?«

Anna, ihre Schwiegertochter, streichelte die Hand der alten Frau. »Morgen wird nicht gekocht, Mutter. Wir fahren irgendwohin zum Essen, und am Nachmittag –«

»– zeigen wir dir unsere neue Wohnung«, sagte der Mann.

»Aber was wird aus dem teuren Huhn?«

»Das hält sich bis Montag. Morgen sehen wir uns die neue Wohnung an.«

Jetzt konnte die Mutter, nachdem sie es dreimal nicht gehört hatte, nicht mehr umhin, es zu hören. »Ihr wollt hier ausziehen? Gefällt es euch nicht mehr bei mir?«

»Versteh mich recht, Mutter, es ist nicht die Wohnung allein. Aber allmählich wird es zu viel für dich. Wir sehen, wie dir manchmal abends die Augen vor Müdigkeit zufallen. Oder wenn wir Gäste haben und du nebenan schläfst, schicken wir sie oft früher weg, damit sie dich nicht stören. Jetzt hast du dann wieder deine Wohnung ganz für dich allein, kannst schalten und walten, wie du willst, brauchst auf niemanden mehr Rücksicht zu nehmen, kannst dich mittags ein wenig hinlegen – und wir sind ja nicht aus der Welt. Wir besuchen dich oft, und du kommst zu uns...«

»Nun ja«, sagte die Mutter und holte das Abendbrot herein. Sie aß an diesem Abend nur wenig, ein halbes Stück Brot. Mehr brachte sie nicht hinunter. Aber sie tat sehr vergnügt und ließ sich von den Kindern erzählen, wie sie sich ihre neue Wohnung einrichten wollten: ein Arbeitszimmer, ein Schlafzimmer, einen Raum für ein Hausmädchen, das sie sich nehmen würden, und ein kleines Zimmer, falls einmal jemand über Nacht bliebe.

»Wenn du einmal abends nicht heimgehen willst, Mutter«, sagten sie, »du siehst, für alles ist gesorgt.«

»Ich freue mich mit euch«, sagte die Mutter und lächelte. Aber essen konnte sie an diesem Abend trotzdem nichts.

Das Leben junger Menschen ist bis zum Rand gefüllt mit Plänen und Arbeit und auch Vergnügungen. Dazwischen besuchten sie ihre Mutter, einmal in der Woche, holten sie einen Sonntag im Monat auch einmal mit dem Wagen ab und fuhren mit ihr hinaus ins Grüne. Bis dann eines Tages ein Kind geboren wurde, ihr erstes, ein Junge.

»Wie gut, daß wir jetzt ein Mädchen im Haus haben, Mutter. Mit der Arbeit könntest du gar nicht fertig werden.«

»Ich bin sehr froh, daß es so ist, wie es ist«, sagte die Mutter. Aber da saß ihr schon wieder der dumme Knödel im Hals, und ehe sie es verhindern konnte, liefen ihr die Tränen wie Bäche aus den Augen. »Jetzt muß ich unnützes altes Ding gar noch weinen«, sagte sie und lächelte schon wieder, ein Lächeln unter Tränen, das ist wie ein Frühlingsregen, wenn die Sonne dann durch die Wolken scheint. »Ich weine vor Glück, daß euer Junge so gesund und kräftig ist. Wieviel wiegt er denn?«

»Neun Pfund«, sagte der junge Vater.

»Euer Mädchen ist zu beneiden. Sie hat den Kleinen den ganzen Tag. Ich weiß noch, wie du auf die

Welt kamst und ich den ganzen Tag um dich war.«

Der junge Ehemann sah auf die Uhr. »Du mußt jetzt gehen, Mutter. Ich fürchte, es wird sonst für dich zu spät. Ich fahre dich heim.«

»Aber morgen bin ich wieder da. Der Kleine braucht mich.«

»Komm, sooft du willst, Mutter. Du bist ja hier zu Hause.«

Nein, zu Hause war sie hier nicht. Sie wohnte um eine Stadtbreite weiter, mit der Straßenbahn zwanzig Minuten. Wenn sie zu den Kindern kam, kam sie zu Besuch. Es ist schon ein gewaltiger Unterschied, ob man mit dem Mantel zur Tür hereinkommt oder vom Nebenzimmer in Hausschuhen.

Natürlich war es damals viel Arbeit für sie gewesen, aber sie hatte es gern getan. Eine Mutter geht hundert Schritte für ihre Kinder und spürt keinen einzigen, sie beugt sich über ihre Enkel, bindet ihnen die Schuhe, zieht ihnen die Strümpfe an, und der Rücken schmerzt sie nicht. Er schmerzt immer nur dann, wenn man allein ist und für sich selbst etwas aufheben muß wie jetzt, wo sie allein in ihrer Wohnung saß und die Sonne immer seltener durch das Fenster hereinschien, eben nur dann, wenn die Kinder sie besuchten oder abholten. Da hat jeder Tag seine einsamen vierundzwanzig Stunden, und wenn man als alter Mensch auch zehn davon verschläft, mit Gottes Hilfe, durch Gottes Gnade, bleiben immer noch vierzehn Stunden, die man allein verbringen muß, niemandem zu Nutzen und ohne eines Menschen Schritt, seines Heimkommens oder

Weggehens. Seit einer Stunde waren die Kinder wieder einmal da. Sie waren ganz überraschend gekommen und hatten Blumen gebracht, der Enkel hielt in seiner Hand ganz festgepreßt ein Bündel gelber Primeln und wollte sie nicht loslassen.

»Er wollte dir unbedingt auch Blumen bringen, Mutter.«

»Aber ich habe doch heute gar nicht Geburtstag, und mein nächster ist sowieso der einundsechzigste.«

»Wir haben eine Neuigkeit für dich, Mutter. Unser Mädchen hat gekündigt.«

»Was? Wie? Die Hertha?«

»Sie will weg von uns. Sie will sich verändern.«

»Wie kann sie denn wegwollen, wo sie doch den Jungen den ganzen Tag hat? Ich verstehe das nicht. Sie hatte es doch gut bei euch. Und die Arbeit war auch nicht zu viel.«

»Arbeit gibt es genug.«

»Ach Unsinn! Das kann eine alte Frau leisten. Das schaffe ich noch mit meinen Jahren.«

»Aber Mutter!«

»Natürlich schaffe ich es. Soll ich es euch beweisen? Wenigstens so lange, bis ihr ein neues Mädchen gefunden habt? Schon damit der Kleine alles hat, was er braucht.«

»Wenn du glaubst, Mutter...«

»Ich glaube es. Und ihr werdet daran glauben müssen. Es bleibt euch in eurer Situation nichts anderes übrig«, sagte die Mutter triumphierend, und sie war plötzlich um zehn Jahre jünger, und als sie sich um den Tisch setzten, schmeckte ihr das Essen seit vier Jahren zum ersten Mal wieder. Sie aß ihren Teller putzerein leer und war immer noch nicht ganz gesättigt. Glück und Freude machen hungrig, nur der Kummer macht satt.

»Komm zu uns, Mutter«, hatten die Kinder gesagt, »wir brauchen dich wie einen Bissen Brot.«

Die Mutter hatte es geglaubt, und sie war freudig gekommen. Sie blieb auch bei ihnen, als das neue Hausmädchen da war. »Jetzt haben sie es endlich gemerkt, daß es ohne die Mutter nicht geht«, wiederholte sie sich immer wieder an jenem glücklichen Abend, als sie ihre Siebensachen packte, um zu den Kindern zu übersiedeln, und auch heute noch, nach fünf glücklichen Jahren, in denen sie den Kindern die Kinder aufzog: »Jetzt haben sie es endlich gemerkt, daß es ohne die Mutter nicht geht.«

Sie wußte ja nicht, daß damals Kurt zu seiner Frau, ohne daß sie zuvor davon gesprochen hätten, gesagt hatte: »Mutter wird immer weniger. Sie kann nicht allein sein. Wenn du mich sehr liebst, Anna, nehmen wir Mutter zu uns.«

»Aber wir müssen einen Vorwand finden, daß wir sie brauchen. Mütter sind nur glücklich, wenn sie etwas für ihre Kinder tun können.«

So kam die Mutter wieder ins Haus, und bald konnten sich die Kinder ihr Leben ohne die Mutter nicht mehr vorstellen. Aber auch Mütter können sich ihr Leben ohne Kinder und Enkel nicht vorstellen. Und wo sie es tun müssen, ist ihr Leben hart und grau, am Morgen nicht des Aufstehens wert.

Drei Einladungen

Erwachsene Söhne zu haben, aus denen etwas geworden ist, ist der schönste Schatz von Müttern. Sie schrieben am liebsten auf ihre Briefbögen: »Emilie Haushofer, Mutter von Josef Haushofer, dem Arzt«, und wenn sie es auch nicht schreiben, so sagen sie es.

Drei Mütter saßen zusammen. Sie kamen gerade von ihren Söhnen, die eine ganze Woche mit ihnen verbracht hatten. Jede von ihnen trug etwas Neues, ein Geschenk ihres Sohnes: die eine einen neuen Hut, die zweite eine besonders schöne Handtasche, und die dritte drei handumhäkelte Taschentücher, die sie alle drei bei sich hatte.

»Mein Sohn hat mich auf eine Autoreise durch Italien mitgenommen«, erzählte die erste. »Ich durfte die ganze Fahrt vorn neben ihm sitzen, seine Frau und die Kinder saßen hinten, denn ich war, wie mein Sohn sagte, die Hauptperson. Sie können sich nicht vorstellen, wie mich mein Sohn verwöhnte. Im Hotel bekam ich das schönste Zimmer, bei Tisch reichte er mir zuerst die Speisekarte, und ich durfte mir auswählen, was ich wollte... Natürlich sah ich zuerst auf den Preis und nahm etwas, was nicht so teuer war; wenn aber dann der Kellner das Essen brachte, hatte mein Sohn heimlich für mich ein Brathuhn bestellt oder Schnitzel mit Kompott... Er aß absichtlich langsam, weil er sah, daß ich in meinem Alter nicht mehr so schnell zurechtkam. Mich führte er am Arm, wenn eine Stufe kam, neben mir stand er, wenn wir eine Sehenswürdigkeit betrachteten, und wir haben viel betrachtet, ich war oft zum Umfallen müde, aber: ›Das mußt du noch sehen, Mutter‹ oder wie es in Venedig war: ›Jetzt nehmen wir zwei uns ganz allein noch eine Gondel, Mutter!‹ Sogar in die Oper schickte er mich, in Mailand, wo der Platz sehr viel kostete, Scala nennen sie dort die Oper wie bei uns das Kino. Wir waren den ganzen Tag unterwegs gewesen, und ich darf es meinem Sohn heute noch nicht erzählen, daß ich in der Oper eingeschlafen bin, richtig fest eingeschlafen, verstanden hätte ich ja sowieso nicht viel, weil sie italienisch sangen, neben mir schliefen auch noch andere, viel jüngere, die waren sicher auch mit dem Wagen den ganzen Tag unterwegs gewesen. Als mein Sohn mich dann abholte und mich fragte, wie es mir gefallen habe, habe ich ihn einfach angelogen und gesagt, es sei eins meiner schönsten Erlebnisse gewesen ... Es war es ja auch, irgendwie, denn so gut habe ich auf der ganzen Reise nicht geschlafen. Gestern sind wir dann heimgekommen. Mein Sohn hat mir enorm viel geboten, es geht zwar jetzt alles bei mir im Kopf durcheinander, es war doch ein wenig zu viel für mich alte Frau. Aber schön war es doch, vor allem, weil ich sah, wie weit es mein Sohn gebracht hat und was er sich leisten konnte: der neue Wagen, die weite Reise, die teuren Hotels und wie er sich in dem fremden Land zurechtfand ...«

Die drei Mütter nickten sich zu und beschlossen, beim Kellner eine zweite Tasse Kaffee zu bestellen, weil sie sich noch so viel zu erzählen hatten. Als der

Kaffee kam, nicht früher, denn sie wollte nicht unterbrochen werden, begann die zweite Mutter: »Mein Sohn hat sich vorigen Herbst ein Haus gebaut, dorthin hat er mich dieses Jahr eingeladen. Als er mich von der Bahn abholte und wir vor dem Haus standen, habe ich zuerst gedacht: ›Mein Sohn macht einen Scherz‹ – das hat er immer gern mit mir gemacht, schon als Kind. Neben der großen prächtigen Villa stand ein kleines neugebautes Haus. ›Das gehört ihm‹, dachte ich, ›er läßt dich jetzt durch das breite Tor in die Villa hineingehen, und dann lacht er, weil ihm der Spaß gelungen ist, und sagt: ‚Aber Mutter! Das kleine dort, das ist mein Haus!' Es war kein Scherz. Ich war wie gelähmt, als er mich in das prächtige Haus führte. Ich war zwar zehn Stunden mit der Bahn gefahren, aber ich mußte gleich alles besichtigen, von der Dachterrasse mit dem Schwimmbad bis zur Ölheizung im Keller, die großen Zimmer mit den neuen Möbeln, auf jeden Stuhl mußte ich mich setzen,wie bequem er ist. Die Küche war eine Wunderwelt für sich. Ich möchte aber darin nicht kochen. Alles geht elektrisch, der Ofen, der Multimix, die Kaffeemühle, sogar das Geschirr wird elektrisch gespült und getrocknet. Das Haus nahm mir ein wenig den Atem, ich fand es nicht sehr gemütlich für eine alte Frau wie mich, in so großen Zimmern ist man eigentlich nie daheim, aber ich war stolz auf meinen Sohn, daß er in diesem Haus lebte und daß es ihm gehörte. Vater und ich haben es nie über eine Dreizimmerwohnung gebracht. Acht Tage war ich bei meinem Sohn zu Gast. Ich durfte keine Arbeit anrühren, nicht mithelfen. ›Ruh dich einmal richtig aus, Mutter!‹ sagte er, nicht einmal mit meinen Enkeln ließ er mich spazierengehen, das sei zu anstrengend für mich in meinen Jahren, dazu sei das Kinderfräulein da. Mein Sohn verwöhnte mich grenzenlos, einen rollenden Liegestuhl hatte er, darauf mußte ich den ganzen Vormittag liegenbleiben, und der Gärtner rollte mich in den Schatten oder in die Sonne, wie ich es wollte. Auch andere Frauen meines Alters lud mein Sohn ein, damit ich nicht so allein sei, aber ich kannte sie ja nicht und wußte mit ihnen nichts anzufangen. Es war gutgemeint, und so wollte ich meinem Sohn die Freude nicht verderben und tat, als ob ich mich darüber freute, aber hinterher war ich immer sehr froh, wenn sie wieder gegangen waren, alte Damen können oft schrecklich anstrengend sein. Meinen Sohn sah ich leider nicht viel, er war in Geschäften unterwegs, aber er rief mich jeden Tag an und sagte: ›Mutter, wie geht es dir?‹ Wenn er dann spät abends heimkam, lag ich schon längst im Bett, und früh hörte ich seinen Wagen, wenn er in die Stadt fuhr. Er weiß es nicht, aber ich bin immer aufgestanden und habe ihm von meinem Zimmer aus durch das Fenster nachgeschaut, wie er wegfuhr und wie schön er in seinem Wagen aussah: mein Sohn, der Mann, der es so weit gebracht hat, daß er mir helfen kann, ohne daß es ihm schwerfällt, wenn ich einmal krank und hilfsbedürftig werden sollte...«

Die dritte Mutter, nicht jünger an Jahren, breitete ihre drei handumhäkelten Taschentücher vor sich aus. »Sehen Sie, wie schön!« sagte sie. »Die haben mir meine Enkelkinder gearbeitet. Mein Junge war mit seiner Familie acht Tage bei mir. Es war nicht leicht, die Kinder sattzukriegen, und angestellt haben sie auch eine Menge, aber die Eltern haben nichts erfahren, denn was eine richtige Großmutter ist, der ist das Lachen ihres Enkels wichtiger als eine zerbrochene Fensterscheibe oder das zusammengestürzte Regal mit den Kompottgläsern in der Speisekammer. Mein Junge war den ganzen Tag bei mir, oft saß er in der Küche, während ich kochte, wie damals war es, als er noch klein war und in der Küche seine Schularbeiten schrieb, während ich einen Kuchen buk. Auch vom Teig hat er diesmal wieder genascht und sich die Rosinen herausgeklaubt, ich habe ihm lachend auf die Finger geschlagen, und er hat mir wie damals lachend einen Kuß gegeben. Es waren herrliche acht Tage, ich konnte meinen Jungen wieder einmal richtig verwöhnen, richtig jung bin ich dabei wieder geworden. Ich will nicht sagen, daß es nicht viel Arbeit war, die ich mit den fünf Personen hatte, meine Wohnung ist klein, und ich habe dann eben auf dem Sofa geschlafen. Die Hemden von meinem Jungen habe ich auch gebügelt, er wollte es unter keinen Umständen, aber als er am Morgen aufstand, war die Arbeit schon getan. Als ich das letzte Mal seine Hemden bügelte, lebte Vater noch. ›Daß der Junge auch immer die Knöpfe verlieren muß!‹ sagte er. Es fehlte auch diesmal wieder ein Knopf. Haltet mich nicht für dumm, aber mir kamen die Tränen vor Glück, als ich wieder so da saß und einen Knopf an das Hemd meines Jungen nähen durfte...« Sie griff nach einem der drei umhäkelten Taschentücher und putzte sich kräftig die Nase.

Die beiden anderen sahen vor sich hin, sie schienen nachzudenken, dann seufzten sie ein wenig neiderfüllt, und die eine von ihnen sagte: »Wir beneiden Sie! Die Kinder wieder einmal daheim bei sich zu haben, sie umsorgen zu dürfen wie früher – es gibt nichts Schöneres für eine Mutter.«

Ein wichtiger Tag

Es war ein Sonntagnachmittag wie jeder Sonntagnachmittag. Zum Mittagessen gab es einen Schweinebraten, mit Knödeln selbstverständlich, denn ohne Knödel war für Vater und Sohn ein Schweinebraten kcin Schweinebraten. Mutter stand in der Küche, eine große Schürze über ihr Sonntagskleid gebunden, und wusch das Geschirr ab. Sie ist gerade mit dem letzten Teller fertig geworden und hat ihre Tochter bereits aus der Küche geschickt, als ihr Mann eintritt.

»Anna! Anna! Wo steckst du denn? Ich suche meine Krawatte, die blaue. Weißt du, wo sie ist? Es ist für mich höchste Eisenbahn, wir haben heute wieder furchtbar spät gegessen – ja, ja, ich weiß, wir sind heute spät von der Kirche heimgekommen. Aber trotzdem, es ist für mich heute ein wichtiger Tag: Wir haben Preiskegeln im Klub – ich muß noch andere Schuhe anziehen, die schwarzen drücken, ich habe es heute früh kaum ausgehalten – wo sind denn die braunen Schuhe? Lieb von dir, daß du sie mir bringst, ich hätte sie mir leicht selber holen können, wenn du mir gesagt hättest, wo sie stehen. Würdest du mir bitte auch die Manschettenknöpfe in mein neues Hemd hineinmachen? Dann gib mir bitte die besten Hosenträger, man kann beim Kegeln nicht stabil genug angezogen sein. Willst du sie mir gleich anknöpfen? Hast du auch ein wenig heißes Wasser? Ich will mir noch die Hände waschen, wir haben heute nämlich Gäste im Kegelklub, der Vorstand vom Bundeskeglerverband hat sich angesagt. Kannst du mir mein Kopfwasser vom Bad hereinbringen? Ich weiß nicht, mich juckt heute der Kopf so. Was würdest du sagen, wenn ich heute eine Trophäe vom Kegeln heimbrächte, einen Schweinekopf oder eine Hartwurst? Kannst du mir die Krawatte geradeziehen? Sitzt sie jetzt? Anna, ich habe kein Taschentuch, zwei Stück bitte, ein weißes dabei – du, ich sehe da eben auf meinem Rockärmel einen kleinen Fleck, kannst du den schnell herausputzen? Als zweiter Vorstand vom Kegelklub muß ich an einem so wichtigen Tag tipp-topp sein – wo ist denn meine Armbanduhr? Wie spät ist es denn? Was? So spät? Höchste Eisenbahn für mich! Bitte bürste mir noch schnell den Hut ab! Nein, nicht diese Handschuhe, die neuen bitte! Vielleicht wird bei uns heute fotografiert. Hast du den Hausschlüssel? Ich habe ihn nicht. Nein, bestimmt nicht. Vielleicht steckt er in der alten Hose. Sieh bitte mal nach. Anna! Anna, such nicht länger, ich habe ihn, er war im Mantel – also, jetzt drück mir beide Daumen, daß ich heute alle Neune schiebe – das ist heute ein wichtiger Tag für mich! Tschüß, Anna! Mach's gut! Schönen Sonntag!« Aus dem Hause ist der Vater.

In die Küche kommt der Sohn. Elf Jahre alt. »Mutti, hast du meine Schnitten fertig? Was ist denn drauf? Kannst du mir nicht noch ein Brot mit Schweinebraten machen? Gibst du mir auch ein paar Äpfel mit auf die Wanderung? Ist der Tee schon in der Thermosflasche? Hast du auch Zucker hineingegeben? Und Zitrone? Wieso ist keine Zitrone im Haus? Du hast keine Ahnung, wie das unterwegs erfrischt und wie gesund Zitrone für mein Wachstum ist. Kannst du nicht schnell zu Schneiders hinaufspringen und dir eine Zitrone ausborgen? Mutti, darf ich Vatis Rucksack für unseren Ausflug nehmen? Räumst du ihn mir aus? Der ist prima, meiner hat so schmale Riemen. Mutti, hast du mal eine Mark für deinen Sohn übrig? Wenn wir oben auf dem Staffelstein einkehren... Ich habe von meinem Taschengeld nur noch sechzig Pfennige, ein Glas Apfelsaft kostet siebzig. Fein, Mama! Danke, Mama! Bist ja doch die Beste! Das ist nämlich heute ein sehr wichtiger Tag für mich! Wir machen einen Waldausflug mit der Schule, ich bin der Führer von zwölf Jungen, ich habe die ganze Verantwortung. Mutti, weißt du, wo Vaters Kompaß liegt? Borgst du mir heute ausnahmsweise deinen Geldbeutel, Mutti? Meiner ist schon so schäbig, und heute an einem so wichtigen Tag – verflixt! Jetzt ist mir der

Schnürsenkel gerissen! Mama, kannst du mir einen neuen Schnürsenkel geben? Mutti, wenn du willst, daß ich dir von unterwegs eine Ansichtskarte schreibe, brauche ich noch dreißig Pfennig für die Karte und vierzig Pfennig für das Porto. Mutti, wo ist denn meine Mütze? Weißt du nicht, wo ich sie hingelegt habe? Bist du am Abend noch auf, wenn ich heimkomme? Stellst du mir etwas zum Essen ans Bett? Bitte auch einen Apfel. Äpfel sind sehr gesund für die heranreifende Jugend – steht in der Zeitung. Mutti, hältst du mir mal den Spiegel? Sitzt mein Scheitel gerade? Mutti, hast du ein Stück Bindfaden? Mutti, darf ich die Schere aus deinem Nähzeug mitnehmen, um ein paar Zweige zu schneiden? Mutti, borgst du mir deinen Kugelschreiber? Mutti, gibst du mir noch etwas für den Omnibus? Danke schön, Mutti! Wiedersehen! Schönen Sonntag!« Draußen aus dem Tempel ist der Junge.

Herein kommt die Tochter. Die Tochter ist neunzehn Jahre, blond, fast erwachsen. »Mama, machst du mir bitte mein Kleid hinten zu? Findest du, daß ich seit letztem Sonntag dicker geworden bin? Mama, darf ich heute einmal ausnahmsweise deinen farblosen Nagellack benutzen? Ulrich ist so komisch, er mag keine roten Fingernägel. Aber ich habe dir doch schon von Ulrich erzählt, Mama! Der vom Schwimmklub! Ich habe ein Bild von ihm. Hier. Wie gefällt er dir? Ulrich ist prima! Heute ist für mich ein sehr wichtiger Tag. Wir gehen das erste Mal zusammen ins Kino und hinterher tanzen. Mama, darf ich ausnahmsweise von deinem guten

Parfüm nehmen, das du von Vater zum Geburtstag bekommen hast? Mama, borgst du mir deine Handtasche, die gute? Sitzen meine Strümpfe gut, Mama? Schau doch nach, Mama! Was glaubst du, soll ich meine roten Schuhe anbehalten oder lieber die neuen anziehen? Mama, kannst du mir mal das Haarband festmachen? Mama, gibst du mir etwas von deinem selbstgebackenen Teegebäck mit ins Kino? Aber bitte, in schönes Seidenpapier einwickeln! Mama, das Telefon klingelt! Wenn es für mich ist, ich bin schon weg, ich bin nicht mehr zu Hause. Mama, hast du noch einen Schluck Kaffee für mich? Drei Stück Zucker bitte und gleich umrühren! Und blas, daß er nicht zu heiß ist! Mama, kannst du mir deinen Schirm borgen? Mama, bitte hole mir noch die Handschuhe aus meinem Zimmer, zurückgehen bedeutet Unglück. Mama, sitzt mein Hut richtig? Mama, ich habe vergessen, in meinem Zimmer das Radio abzustellen. Mama, jetzt ist mir der Handschuh geplatzt. Nähst du ihn mir schnell? Was? Schon so spät? Mama, bitte beeil dich! Herzlichen Dank, Mama! Habe ich dich arg strapaziert? Du bist doch die Beste! Ich kann dir jetzt keinen Kuß geben, sonst verschmiere ich mich. Addio, Mama! Schönen Sonntag!« Damit wirbelt auch die Tochter aus dem Haus. Zu ihrem ersten Rendezvous mit Ulrich.

Es ist inzwischen vier Uhr geworden. Da setzt die Mutter ihren Hut auf, schlüpft in ihren Mantel, steckt die Brille und den Brief ein, der ihr heute vorbeigebracht worden ist, und verläßt das Haus. Sie ist für heute nachmittag in das erzbischöfliche Palais geladen, wo ihr und anderen neun Müttern der Stadt eine öffentliche Ehrung zuteil werden soll. In Anwesenheit des Oberbürgermeisters wird man ihr die goldene Ehrennadel für ihre unermüdliche Sorge für die Armen der Stadt überreichen. Eine erhebende Feier, musikalisch umrahmt, steht ihr bevor. Es ist auch ihr wichtiger Tag, aber sie ist noch gar nicht dazu gekommen, ihren Lieben davon zu erzählen. Sie hatten es heute alle so wichtig, der Vater mit dem Preiskegeln, der Junge mit seinem Ausflug und Ingeborg, die heute mit Ulrich zum ersten Mal ins Kino ging.

Mama heiratet wieder

»Einmal muß es sein, so schwer es auch fällt«, dachte Frau Angelika. Fünf Jahre war sie Witwe gewesen, hatte in stiller Zurückgezogenheit ihre Kinder groß werden sehen – nun, sehr groß waren sie immer noch nicht, Thomas war vierzehn und Bärbel noch nicht einmal dreizehn, aber sie waren schon recht vernünftig, und man mußte sich erst mit ihnen besprechen, ehe man den entscheidenden Schritt tat.

»Jetzt hört mir mal gut zu, Kinder – Thomas, bitte, nimm den Frosch aus der Hand und gib ihn ins Terrarium zurück! Ich habe euch etwas zu sagen, was für uns alle sehr entscheidend sein wird – bitte laß jetzt deine Haarschleife in Ruhe, Bärbel! Die Sache ist ernst. Was würdet ihr sagen – wie stellt ihr euch dazu, wenn ihr einen neuen Papa bekämt?«

»Einen neuen Papa? Ausgeschlossen!«

»Du willst wieder heiraten, Mama?«

»Schnell, sag, daß es nicht wahr ist!«

Die Mutter starrte in vier erschrockene Kinderaugen. Es war doch schwerer, als sie es sich vorgestellt hatte. »Ihr müßt mich verstehen, Kinder«, sagte sie. »Ich bin die ganzen Jahre schon allein, ihr werdet immer größer und älter – euch würde ein Vater auch ganz guttun.«

»Wir wollen aber keinen Vater!«

»Wir wollen nur dich, Mama!«

»Es ist doch bisher alles gutgegangen!« rief Thomas, beinahe zornig.

»Jedenfalls sage ich niemals Vater zu ihm!« stieß Bärbel aufgeregt hervor. »Wer weiß, was das für ein abscheulicher Kerl ist! Der will nur die Wohnung!«

Frau Angelika mußte lächeln, trotzdem ihr gar nicht danach zumute war. »Erstens ist der Mann, den ich für euch als Vater ausgesucht habe, kein abscheulicher Kerl, und zweitens hat er eine viel schönere Wohnung als wir. Wir kennen uns schon zwei Jahre. Jetzt möchte er auch euch gern kennenlernen. Heute nachmittag besucht er uns. Und wenn ihr mit ihm einverstanden seid, sagt ihr es mir, und wir besprechen dann alles Weitere!«

Das Gespräch lief noch ziemlich lange fort. Die Kinder waren gar nicht einverstanden. Aber was half alle Widerrede? Mutter bestand darauf, daß alles für den Besuch vorbereitet wurde. »Die Wohnung muß wie ein Schmuckkästchen aussehen«, sagte sie, »und ihr zwei helft mir dabei.«

Thomas und Bärbel tauschten einen kurzen Blick. »Fein, Mama! Wir helfen gern.«

»Was werdet ihr tun?«

»Wir bohnern.«

Kinder bohnern schrecklich gern. Alle Kinder bohnern gern. Es ist ein Sport und keine Arbeit. Man sieht so schön, was man geleistet hat, und wird belobt. Thomas und Bärbel hatten diese Arbeit ihrer Mutter schon immer abgenommen, heute aber hatten sie etwas Besonderes vor.

»Wir tragen das Wachs ganz dick auf, daß der Kerl ausrutscht und sich mächtig hinsetzt. Wenn wir Glück haben, rutscht er Mama bis vor die Füße. Dann ist er blamiert, läuft davon, und wir sind ihn los!«

»Eine großartige Idee, Thomas! Wir wollen Mama für uns behalten!«

Sie taten, wie sie es geplant. Sie trugen nicht wie sonst das Wachs recht dünn auf und rieben es ein, daß der Boden glänzte wie ein frischgelegtes Parkett, worin sie sonst wetteiferten. Diesmal nahmen sie viel Bohnerwachs, das Dreifache wie sonst, rieben es nur wenig ein, eine Glatteisbahn war nichts dagegen, und als sie ihr Werk besahen, wußten sie, daß es nicht mehr fehlgehen konnte: Mamas Freier würde fluchtartig das Haus verlassen. Da läutete es draußen. »Das ist er!«

»Schnell! Verstecken wir uns!«

Sie krochen hinter den Ofen und hörten, wie

draußen Mama die Tür öffnete und den Besucher einließ. »Gehen Sie bitte ins Zimmer voraus, Lothar«, sagte sie. »Die Kinder und ich kommen gleich nach.«

Aufgeregt schlunzten Bärbel und Thomas aus ihrem Versteck zur Tür.

»Jetzt passiert's!« flüsterte Bärbel aufgeregt.

»Pst!«

Die Tür ging auf. Ein Herr mit Rosen trat ein.

»Der Rosenkavalier!« flüsterte Thomas.

»Du, der sieht aber prima aus!«

»Ach was! Alle Männer sehen vorher prima aus! Sollst mal sehen, wie der sich noch entwickelt!«

Der Besucher blieb noch immer in der Tür stehen und betrachtete mit einem kleinen Lächeln das spiegelnde Parkett.

»Mensch, wenn der jetzt hinknallt!« flüsterte Bärbel. »Der schöne Anzug!«

»Heirate *du* ihn doch, wenn er dir so gut gefällt!«

»Du mußt zugeben, daß er ein prima Vater wäre.«

Thomas erwiderte: »Na ja, es gibt ärgere – Mama hat einen ganz guten Geschmack bewiesen.«

In diesem Augenblick ging die gegenüberliegende Tür auf, und die Mutter, die sich schnell umgezogen hatte, trat ein. »Ach bitte, Lothar, nehmen Sie doch Platz!«

Der Mann, den Mutter Lothar nannte, durchquerte das Zimmer. Mitten über das frischgebohnerte Parkett. Er ging sicher, rutschte nicht, schlitterte nicht, gar nichts. Er kam gut bei Mama an.

»Donnerwetter!« entfuhr es Thomas.

Auch Bärbel atmete erlöst auf: »Wie bin ich froh, daß ihm nichts passiert ist!«

»Dumme Gans!« zischte Thomas. »Ein Mann ist ein Mann und rutscht nicht über ein bißchen Bohnerwachs aus. Wie aber kommen wir jetzt hier weg?«

Und dann rief die Mutter die Kinder. »Thomas! Bärbel! Wo steckt ihr denn?«

Hinter dem dicken Ofen tauchten zwei Köpfe hoch. »Hier, Mama!«

»Schreckliche Kinder!« sagte die Mutter zu ihrem Besucher, sie mußten beide lachen, dann rief sie: »Kommt her und sagt guten Tag!«

Sie liefen erlöst aus ihrem Versteck. Kaum aber hatten sie zwei Schritte getan, rutschten sie beide auf dem frischgebohnerten, mit viel zuviel Wachs eingeriebenen Fußboden aus, und durch den Schwung, mit dem sie hinter dem Ofen hervorgeschossen kamen, schlitterten sie auf dem Rücken durch das ganze Zimmer, kreuz und quer. Ihr schneller Rutsch war durch nichts zu mindern, und so landeten sie – sie, die wichtigen Familienangehörigen, von deren Ja und Nein die Werbung abhing – geradewegs vor den Füßen des Besuchers.

»Hoffentlich habt ihr euch nicht weh getan?« fragte dieser besorgt und half ihnen auf.

»Weh getan nicht, aber mächtig blamiert!« stieß Bärbel hervor. Sie warf einen bitterbösen Blick auf ihren Bruder.

»Die Kinder haben vorhin frisch gebohnert!« erklärte die Mutter.

»Sagen wir besser, liebe Angelika: Sie haben eine Rutschbahn gebaut«, antwortete lächelnd der Besucher. »Ich habe es schon in der Tür gesehen, daß die Sache nicht ganz geheuer war. Ich war auf so etwas vorbereitet. Wo Kinder im Haus sind und ein neuer Vater sich zum ersten Mal präsentiert, muß man auf allerhand gefaßt sein.« Er lachte, gab den Kindern die Hand, und alles war gut.

Mädchenlist

»Warum sind Sie noch immer Junggeselle, wenn Sie sich daheim ohne Risiko eine Frau auswählen können? Schicken Sie darum noch heute die beigeschlossene Karte unterschrieben an uns zurück, wir senden Ihnen zur Ansicht eine passende Lebensgefährtin für einen Abend ins Haus. Sie haben auf diese Weise die angenehme Möglichkeit, die Gemütlichkeit Ihres Heims zu zweit auszuprobieren...«

»Die Heiratsbüros haben von den Schallplattenfirmen und Rasierklingenfabrikanten eine Menge gelernt«, dachte Herr Möbius, als er den langgestreckten Brief in seiner Hand hielt. »Bei Nichtgefallen Rücksendung.« Da er einem Scherz nicht abhold war, schickte er die beigelegte Karte unterschrieben zurück. Als Datum nannte er den nächsten Sonntag.

Am Sonntagabend saß Herr Möbius nicht ohne Erwartung in seiner Wohnung. An sich war ihm der Gedanke zu heiraten gar nicht so unangenehm. Er harrte der Dinge, und die Dinge traten an ihn heran. Es läutete.

Herr Möbius öffnete.

Eine Dame stand vor ihm. »Ich komme auf Ihre Karte, mein Herr«, sagte sie verlegen.

Herrn Möbius verschlug es die Rede. Was er vor sich sah, glich einem Museumsstück. Die Dame war gut erhalten, aber eben nur gut erhalten. Wohl strömte eine freundliche Behaglichkeit von ihr aus, sie schien auch nicht ungebildet, aber seine Ehefrau hatte sich Herr Möbius ein wenig anders vorgestellt, wesentlich anders. »Bitte, treten Sie ein, gnädige Frau«, sagte er.

»Bin ich wirklich willkommen?«

»Sie sind es.« Er führte sie in das Zimmer, bat sie, Platz zu nehmen, und füllte zwei Gläser mit Portwein, um seiner ersten Verlegenheit Herr zu werden.

»Sie tragen sich mit der Absicht zu heiraten?« fragte die Dame.

Herr Möbius fand die Frage ein bißchen zu direkt. »Ich folgte lediglich der Anregung eines Briefes, der ich Ihren Besuch verdanke«, antwortete er ausweichend.

»Sie sagen es nicht sehr fröhlich.«

»Die Situation ist ungewöhnlich.«

»Sie ist es«, sagte die Besucherin. »Auch mir bereitete es ein gewisses Unbehagen, Ihr Haus zu betreten. Allerdings bin ich reich, das gibt einem auch bei diesem ungewöhnlichen Schritt eine gewisse Sicherheit.«

»Nicht für eine Million«, dachte Herr Möbius. »Das Eheleben besteht nicht nur aus Geldzählen, und ein armes Mädchen hat noch immer einen Mann glücklicher gemacht als ein reiches.« Die Gewißheit allerdings, einer Dame mit Vermögen gegenüberzusitzen, erleichterte ihm den Entschluß, von dem ihm garantierten Rückgaberecht Gebrauch zu machen.

»Es freut mich, daß Sie so jung aussehen«, sagte die Dame unerwartet.

»Darf ich Ihnen das Kompliment zurückgeben, gnädige Frau?«

Sie hob mit lachender Abwehr die Hand. »Die Witwenjahre machen nicht jünger und nicht hübscher.«

»Und jetzt wollen Sie sich wieder verheiraten?«

Sie sah ihn belustigt an und wartete eine Weile, dann sagte sie: »Ich? Niemals!«

»Ja – ja aber –«, stotterte Herr Möbius.

»Warum ich dann zu Ihnen gekommen bin? Ganz einfach, ich wollte mich einmal bei Ihnen umsehen, ob Sie das Zeug zu einem ordentlichen Ehemann haben. Sie haben es. Sie sind ritterlich. Ich bemerkte mit Vergnügen, wie Sie Ihren Wunsch höflich verbargen, mich so schnell wie möglich loszuwerden.«

»Gnädige Frau! Ich bitte Sie!«

»Doch, doch. Oder lieben Sie mich etwa?«

»Wir kennen uns zu kurz«, sagte Herr Möbius höflich.

»Eben. Und je länger wir uns kennen, desto älter

werde ich. Zu Ihnen paßt besser ein junges Mädchen. Sie werden sie glücklich machen.«

»Wenn ich sie liebe – bestimmt!«

»Sie werden sie lieben, wenn Sie sie sehen«, sagte die Dame. »Ich bin nur der Vortrupp, die Mutter. Meine Tochter ist Stenotypistin in dem Heiratsbüro und hat unglücklicherweise Ihre Karte in die Hand bekommen. Das Kind ist erst neunzehn und hat sich in den Kopf gesetzt, Sie kennenzulernen. Als Mutter sieht man vorher gern nach dem Rechten. Darf Angelika hereinkommen?«

Zehn Engel hatten ihre Schönheit abgegeben, um Angelika damit zu schmücken. Als sie längst nach jenem denkwürdigen Sonntag Frau Möbius geworden war, gestand sie ihrem Mann: »Alles war Schwindel! Immer nur wollte ich dich. Darum erfand ich die Geschichte vom Heiratsbüro mit Ansichtssendung und schrieb den Brief.«

»Und wenn ich den Brief unbeantwortet gelassen hätte?«

»Du wärst mir nicht entkommen«, lachte Angelika zärtlich. »Wenn ein verliebtes Mädchen einen Mann haben will, dann bekommt sie ihn auch.«

Mutter fährt in Erholung

Mutter sollte verreisen. Es war höchste Zeit, daß sie ein wenig Erholung fand. Sie war seit dem vorigen Sommer, kurz nach der Hochzeit ihrer ältesten Tochter, nicht aus dem Haus gekommen. So ein

Haushalt mit einem Mann, einem halberwachsenen Sohn, einer Tochter von achtzehn und einem Nachzügler von acht Jahren, der gibt eine Menge zu tun, und für die Mutter bleiben von den vierundzwanzig Stunden des Tages keine fünf Minuten, wo sie sich in den Sessel fallen lassen und aufschnaufen kann: »Feierabend! Die Tagesarbeit ist getan!« Da findet sich immer wieder etwas, das man in diesen fünf Minuten tun kann: einen Brief schreiben, einen Strumpf stopfen, ein Hemd bügeln, einen Kragen an eine Bluse annähen, einen Knopf suchen, dem Mann einen Fleck aus dem Rock putzen und die aufgeregten Fragen der Tochter beantworten, welches Kleid aus dem neuen Modejournal sie sich nähen lassen soll.

So eine Hausfrau und Mutter wird schon rechtschaffen müde. Nicht einmal der Sonntag gehört ihr, denn ehe sie alle ihre Geister aus dem Haus hat, die sich für den Sonntag etwas vorgenommen haben, der Vater, der früh angeln geht und natürlich seine Mütze nicht findet, die Tochter, die in die Kirche und anschließend zu einer Freundin und anschließend zu einem Ausflug und anschließend in ein Kino und anschließend auf eine Party geht, der halberwachsene Sohn, den man immer wieder zum Telefon heraufrufen muß vom Hof, wo er seine Maschine auf Hochglanz bringt, aber da rufen sie an, die steilen Zähne und sein Stammzahn, und jede will etwas wissen, und die Mutter muß es hinunterrufen, und der Sohn ruft die Antwort hinauf, die die Mutter dann zum Telefon trägt und nun ihrerseits das Telefongespräch für ihren Sohn führt, oft mit einer Rückfrage in den Hof hinunter und wieder hinauf – ach, da atmet man schon auf, wenn alle draußen sind aus dem Tempel, zum Schluß noch der Junge, der Achtjährige, der seine Schularbeiten noch machen muß und dann in der Küche bastelt und im Wohnzimmer bastelt und im Schlafzimmer bastelt, für den sie kochen muß und der vor Tisch noch einmal – »Nur für eine Minute, Mutti! Ehrenwort!« – zum Nachbarsjungen läuft und dann eine Ewigkeit nicht wiederkommt, und das Essen wird kalt und wieder warm, und dann kommt er und schlingt es hinunter und muß auf den Fußballplatz und muß das Aquarium waschen und sein Terrarium putzen – nicht einmal einen Sonntag hat eine richtige Hausfrau und gute Mutter, denn hat der Vater Glück, bringt er einen Hecht nach Hause, der sogleich geputzt, geschuppt, ausgenommen und gekocht sein will. Oder er bringt keinen Hecht nach Hause, dann muß er aufgeheitert werden. Da kocht man schon lieber den Hecht, als dem brummigen Ehemann die schlechte Laune wegzuschuppen.

Es war also beschlossen, daß Mutter nun unbedingt vierzehn Tage in Erholung fahren sollte. Aber wohin Mutter fuhr, darüber waren sich alle noch nicht schlüssig.

»Man soll immer das Praktische mit dem Nützlichen verbinden, Mutter«, sagte der Vater. »Am besten, du suchst nicht erst lange, sondern fährst zu mir ins Revier hinaus, in meine Jagdhütte. Da hast du Ruhe und schöne Waldspaziergänge, du bist im

Grünen und beobachtest nebenbei, wo ein guter Bock austritt und wie es mit den Fasanen dieses Jahr bestellt ist, wo die Hühner einfliegen und wie stark die Völker sind, auch wüßte ich gern, wie die Hasen diesen Winter überstanden haben. Es wird sehr schön für dich sein, so naturverbunden zu leben. Auch ist es mir lieb, wenn jemand von uns draußen ist und auf mein Fischwasser aufpaßt, daß meine Forellen nicht an fremde Fliegen gehen und in fremden Kochtöpfen landen. Am Abend schreibst du mir dann jeden Tag, wie es im Revier aussieht, auch die Karpfen im Teich könntest du abends und früh anfüttern – am letzten Tag hole ich dich dann ab, schieße noch einen guten Bock, hole ein paar Karpfen heraus – das wird ein schöner Urlaub für dich, Mutter.«

Die Tochter Gabriele kam mit einem anderen Vorschlag. »Weißt du, Mama, dir ist es doch eigentlich ganz gleich, wo du hinfährst, wenn du dich nur erholst«, sagte sie. »Du könntest doch gern nach T. fahren, dort kannst du die Kur machen, was dir sehr guttun wird, du kannst früh lange schlafen, mittags in der Sonne sitzen, und am Nachmittag und Abend setzest du dich ins Casino, wo eine heiße italienische Band spielt. Du weißt doch, Richard ist über den Sommer dort als Geschäftsführer engagiert, und in so einem Tanzlokal und so attraktiv, wie er aussieht, da könntest du ein wenig auf ihn aufpassen, daß er den jungen Damen dort nicht schöne Augen macht oder mit so einer Gans flirtet und daß sich eben nichts anspinnt – er schreibt zwar, daß er treu ist, aber es ist doch besser, wenn du ein wenig auf ihn aufpaßt. Es genügt, wenn du jeden Nachmittag und jeden Abend eine Stunde dort sitzest, er kann dann doch nicht so, wie er könnte, und du erholst dich dabei prächtig, Mutter.«

Das war die Tochter Gabriele, achtzehn Jahre. Und nun der Sohn Heino, der auch für seine Mutter ein schönes Erholungsziel wußte. »Deine Ferien kommen mir wie von Gott gesandt, Mutter«, sagte er. »Ich will doch mit meinem Stammzahn im Urlaub nach Italien. Camping natürlich. Weißt du, keine Vanille, nichts mit Liebe, aber es soll schon ein richtiges Faß werden, was wir dort aufmachen wollen. Wie wäre es, wenn du irgendwohin da hinunter fährst und dir die Campingplätze einmal ansiehst? Bleibst einen Tag dort sitzen und schaust dir die Show an. Ideal wäre Wasser, Strand, Wald, Sprungbrett, Tischtennis, Musikbox in der Nähe, und das alles möglichst nicht allzu weit von B., wo ich meine Maschine zum Moto-Cross gemeldet habe. Bei deinen Erholungsspaziergängen kannst du dann die Strecke dreimal, viermal abgehen und mir das alles ein bißchen aufzeichnen, da die Kurve, dort der Graben, der Steilhang – das wäre doch großartig, damit ich meinen fahrbaren Untersatz darauf trimmen kann. Zeichnen kannst du ja, Mutter, und die Entfernungen, da brauchst du nur die Schritte zählen beim Spazierengehen, ein Schritt sechzig Zentimeter, das kannst du leicht ausrechnen, du hast ja da unten eine Menge Zeit...«

Ja, da fiel der guten Mutter die Wahl schwer, wo

sie ihre wohlverdiente Erholung finden sollte: dem Vater die Böcke ausmachen und die Fische anfüttern, der Tochter bei heißer Musik den Bräutigam bewachen oder für den Sohn einen Campingplatz suchen und eine Skizze nach genauen Maßstäben anfertigen. Ich habe mir als Autor geschickt noch einen kleinen achtjährigen Jungen, den Nachzügler, am Anfang in die Geschichte geflickt, denn so ein Kind ergibt immer für einen Geschichtenerzähler die Möglichkeit, die Sache sanft und rührend enden zu lassen. Ich bin versucht dazu, um der Geschichte die versöhnende Träne zu geben. Aber ich möchte doch einmal von diesem Brauch abweichen.

Auch Peter, der Achtjährige, hatte ein ichbezogenes Anliegen. »Wenn du daheim bleibst, Mutti, und wir dir die ganze Arbeit machen, daß du dich einmal richtig ausschläfst, und wir dir versprechen, ganz leise zu sein, daß wir dich nicht stören, und das Essen bringe ich dir ans Bett – dann erholst du dich doch auch und sparst das ganze Geld, das dir Vater für deine Reise gibt – dann kannst du mir doch das neue pfundige Rennrad kaufen, das ich mir so sehr wünsche...«

Es kam zu alledem nicht. Denn ehe Mutter sich schlüssig wurde, wohin sie vierzehn Tage zur Erholung fahren sollte, kam ein Telegramm ihrer verheirateten berufstätigen Tochter: »Mutter, kannst du uns helfen? Unser Mädchen ist über Nacht auf und davon – wir sind völlig verzweifelt mit unserem Kind – könntest du nicht...«

Da fuhr natürlich die Mutter vierzehn Tage zu ihrem Enkelkind und erholte sich prächtig. Denn ein Enkelkind, so viel Arbeit es auch macht, ist für eine Großmutter die schönste Erholung der Welt. Sie hätte nicht mit dem erholsamsten Kuraufenthalt in Meran getauscht. Mütter sind eben Mütter und ihr Gewicht in purem Gold wert.

Mutter im Haus, Glück im Haus

»Wir bewundern Sie! Sie Ärmste! Sie tun mir ja so leid!« sagten oft die, die es zum ersten Mal hörten, zu der jungen Frau. »Wie kann man eine glückliche Ehe führen, wenn die Mutter des Mannes mit im Haus lebt? Nein, ich will meinen Mann und meine Wohnung für mich allein haben. Alt und jung verträgt sich nicht. Dieses Sprichwort hat sich immer wieder bewiesen, und Sie werden auch noch Ihre Erfahrungen machen, junge Frau, passen Sie auf, wir sprechen uns wieder!«

Ach, wie oft hatte sie diesen Satz in ihrem Leben schon gehört, wie oft alle die Gründe, die das Zusammenleben zwischen Schwiegertochter und Schwiegermutter unmöglich machen sollten! Wie oft hatte man sie gewarnt vor der Eifersucht der Mutter auf die Frau des Sohnes, vor dem dritten Menschen in der Ehe, vor dem Streit um den Platz am Herd. Freilich, es war ihr nicht alles eins gewesen, als damals ihr Mann zu ihr gekommen war und gesagt hatte: »Morgen kommt meine Mutter. Ich habe ihr versprochen, sie kann bei uns bleiben. Sei lieb zu ihr, Käthe!« Damals hatte sie ihren Mann verständnislos angesehen, war traurig durch ihre Zimmer gegangen, die plötzlich nicht mehr ihr allein gehören sollten, sondern die sie hinfort teilen mußte mit einem Menschen, dem sie die Ehrfurcht des Alters schuldig war, dessen Ansichten unwidersprochen bleiben mußten und der von jetzt an jede Mahlzeit am gleichen Tisch mit ihnen einnehmen würde, der nicht am unteren Ende des Tisches saß, nein, obenan, denn der Mutter gebührt die Ehre, so hatte sie es im Elternhaus gelernt, und so hatte sie auch den Sinn ihres Mannes erkannt. Nie mehr wiederkehren würden die stummen Stunden des Abends, wo man still nebeneinander saß und sich ohne Worte verstand, wo man während eines heftigen Streites ohne Zeugen sich so herrlich böse war, um sich gleich darauf wieder so herrlich gut zu sein. Nein, sie war damals eigentlich gar nicht damit einverstanden gewesen, aber sie hatte es sich vor ihrem Mann nicht anmerken lassen, denn sein Wille galt in ihr ohne Zögern, sie liebte ihren Mann von ganzem Herzen, und darum bereitete sie das schönste Zimmer im Haus, nahm die wärmste Decke für das Bett, den bequemsten Stuhl, die lichteste Gardine für den Wohnraum der Mutter. Und als sie am nächsten Tag ankam, fand sie ein herzliches Willkommen in der Tür und Blumen auf dem Tisch.

Inzwischen sind zehn Jahre ins Land gegangen, und wenn man die junge Frau heute in Unvernunft bedauert – wobei man sich ja eigentlich nur an ihrem Leid erfrischen möchte und kleine Skandalgeschichten zu hören erwartet –, hat sie immer ein heiteres und glückliches Lächeln zur Antwort. Soll sie allen Menschen erzählen, was sie einmal mir in einer stillen Stunde anvertraute?

»Ich könnte mir meine Ehe ohne unsere Mutter einfach nicht mehr vorstellen«, begann sie. »Am Anfang war es nicht leicht für mich. Ich witterte hinter jedem Wort einen Vorwurf, ich hatte Angst, ob ihr meine Kochkunst genüge und ob sie mit meiner Ordnungsliebe zufrieden sei. Ich traute mich nicht in das Zimmer einzutreten, wenn sie mit meinem Mann darin saß, sie hätten ja gerade über mich sprechen können, denn Mutter und Sohn sind alte Vertraute und klagen sich gern ihr Leid. Ich legte die Worte meines Mannes auf die Goldwaage, suchte den Einfluß seiner Mutter zu entdecken. Ich machte absichtlich Fehler, vernachlässigte in manchen Dingen meinen Haushalt, aber jetzt war es schon schweigend die Mutter, die Versäumtes nachholte, mir zur Hand ging, freundlich, als Kameradin. Und dann merkte ich plötzlich, daß sie mein Tun und Lassen ja gar nicht mit kritischen Augen verfolgte, daß sie im Gegenteil alles tat, mich vor Schaden zu bewahren, eine versalzene Suppe rettete und einen in der Sorglosigkeit meiner Jugend verschmorten Braten mit einer neuen Soße zu einem köstlichen Gericht erweckte. Nein, meine Feindin war sie gewiß nicht; daß sie so schnell zu meiner besten Freundin werden konnte, das danke ich meinem Mann. Es war ganz anders gekommen, als ich gefürchtet hatte. Johannes duldete es nicht, daß ich von meinem Stuhl neben ihm aufstand, er war es, der unserer Mutter behilflich war und mich zugleich verwöhnte. Er war es, der mir nie seine Mutter als Beispiel hinstellte, mir nie eines ihrer Worte hinterbrachte, das vielleicht die Mutter, doch einmal nicht ganz einverstanden mit allem meinem Tun, zu ihm sagte. Er zog bei einem Ehestreit niemals die Mutter auf seine Seite, im Gegenteil, manchmal schien es mir, als ob es ihn freue, daß ich in seiner Mutter einen Bundesgenossen habe und er nunmehr seine schlechte Laune, die er von draußen mit heimbrachte, nicht mehr an mich wehrlose Frau allein loszuwerden brauchte. Und wenn Mutter sich dann unserer beider Haut wehrte, da war das Lachen bei meinem Mann nicht mehr weit. Er zog den Kopf ein wie ein gescholtener Schuljunge und brummte: ›Wenn ihr zwei nur gegen mich zusammenhalten könnt!‹

Ich brauche dir wohl nicht zu versichern, daß ich natürlich auch alles tat, Mutters Schwächen vor Johannes zu verbergen, daß ich das Zerbrechen seiner Lieblingsvase auf mich nahm und ihm auch nichts davon erzählte, wenn sich Mutter einmal nicht recht wohl fühlte. Ich pflegte sie, ohne daß er es merkte – ich steckte ihr oft in der Küche die besten Bissen zu, alte Frauen lieben ja so gute Dinge, sie sind manchmal verschleckt wie kleine Kinder, und was sie am meisten entbehren, sind Zärtlichkeiten – ich gab sie ihr gern, aus gutem Herzen, ein Streicheln der Hand, einen Kuß, wenn es mir so zumute war und ich ihn eigentlich meinem Mann geben wollte, nachts ging ich oft noch leise zu ihrem Bett und deckte sie zu – ach, wie war sie dann barsch und wehrte sich und sagte, das brauche sie nicht, sie sei nicht so verwöhnt – aber ich fühlte, wie es ihr guttat und wie sie mich darum liebte. Oft mehr als ihren Jungen, wie sie mir einmal gestand. Mußte sie mich nicht auch lieben, da sie sah, wie glücklich ihr Junge mit mir geworden war, wenn sie erkannte, daß ich alles tat, ihm das Leben schön und jeden Kummer leicht zu machen? Tat ich doch nichts anderes, als was sie getan hatte, damals, als der Junge ihr allein gehörte.

Ich will zugeben, daß es mir am Anfang nicht leicht fiel, kleine Pflichten und Rechte ihr zu überlassen – Dinge, die ich bestimmt schneller und besser und oft auch wohl sparsamer gemacht hätte. Aber wenn es ihr nun einmal so viel Freude machte, dieses oder jenes Gericht allein zu kochen, die Hausapotheke zu verwalten, ohne daß sie dann immer fand, was man gerade notwendig brauchte – wenn sie immer wieder in meinem geliebten Wäscheschrank die Tischtücher gerade schichtete und jede Wäscheart mit blauem Band gebunden für sich gesondert in einen Kasten legen wollte, wie es unsere Eltern in ihren großen Wohnungen der früheren Zeit zu tun gewöhnt waren, daß ich oft nicht wußte, wo ich den Platz dafür herbringen sollte – wenn sie unsere Kinder anders frisierte, weil ihr so das Kindergesicht lieblicher erschien, während uns eine andere Frisur für das Kind vertrauter war – ich habe ihr nicht widersprochen. Ich habe ihr das, was sie gern tat, allein überlassen. Und dann kam es bald soweit, daß ich mich um manches nicht mehr zu kümmern brauchte, dafür aber Zeit fand, mir ein neues Betätigungsfeld zu suchen, mich dem Gemüse im Garten widmen, meinen Mann auf seinen Reisen begleiten konnte und so viel mehr von meiner Ehe und meinem Mann hatte, als es anderen Frauen vergönnt ist, die kleine Kinder im Haus haben. Und eine tiefe Dankbarkeit zu der Mutter wuchs in mir, die ich mir jetzt schon nicht mehr aus unserem Heim wegdenken konnte; ich hätte gar nicht gewußt, wie ich allein alles hätte bewältigen können. So aber konnte ich guten Mutes das Haus ihr anvertrauen, die Kinder ihr überlassen, die Schlüssel zu Kasten und Schrank in ihre Hand legen – es ist ein wundervoller Gedanke, einen Menschen zu besitzen, der ganz zu uns gehört, der nur das Beste für uns will, der keinen anderen Gedanken als das Glück seiner Kinder im Herzen hat, denn eine Mutter hört auf, eigene Wünsche zu haben, wenn ihr eigenes Leben mit dem Sarg des Mannes zu Grabe getragen wurde.

Unsere Ehe aber, ich darf es gestehen, ist glücklicher geworden, seitdem unsere Mutter im Haus ist. Wie glücklich und dankbar ist mir mein Mann über jeden Liebesdienst, den ich seiner Mutter erweise, denn er nimmt es gar nicht so selbstverständlich hin, wie es mir selber erscheint. Und er hat an mir gelernt, andere Menschen selbständig schalten und walten zu lassen, und was ich an seiner Mutter tue, tut er an mir. Wenn ich dann die Kinder um mich sehe und an mein eigenes Alter denke, und daß ich auch einmal in die Lage kommen werde, Zuflucht vor der Einsamkeit des Alters bei einem meiner Kinder zu suchen – mich drückt der Gedanke nicht. Denn es gibt eine Vergeltung auf Erden: Wer vor den Augen der Kinder gut zu seinem Vater und zu seiner Mutter war, dem wird es an Liebe von den eigenen Kindern tausendfältig vergolten. Denn sie sahen und fühlten, welches Glück es war, die Großmutter im Haus zu haben, daß sie es sich gar nicht anders wünschen können, als es möge bei ihnen einstmals auch so sein. So wird mein Alter nicht einsam sein, und ich nehme mir vor, später eine noch viel liebere und rücksichtsvollere Mutter im Haus meiner Kinder zu sein, als es unsere Mutter ist. Aber wenn ich darüber nachdenke, was ich besser machen könnte, ich finde nichts, sosehr ich auch darüber grübele. Und wenn unsere Mutter eines Tages die Augen schließt und zu mir sagen sollte: ›Habt Dank, Kinder!‹, dann werde ich ihre müden Hände küssen und sagen: ›Hab du Dank, Mutter!‹ «